花螺

陳長慶中篇小說

陳長慶 著

血汗的凝聚

——寫在《花螺》出版之前

今年五月，當〈花螺〉在《金門日報．浯江副刊》連載完結後，儘管有讀者詢問何日出書，但我並沒有擬訂出版計畫。因為原文尚不及五萬言，無論字數或份量均明顯不足，假若勉強把它編印成書，亦只不過是區區的百餘頁而已，與我先前出版的作品相較，似乎顯得薄弱一點。然而當長篇小說〈了尾仔囝〉脫稿後，我竟改變之前的想法，即便〈花螺〉只是一個中篇，倘使往後與其他篇章結集在一起成書，並不能凸顯出這篇小說獨特的時代背景與當年的社會流俗。

雖然花螺討伙伕班長的行為可議，但在這個歷經苦難的島嶼，遭受與花螺同樣命運的女性處處可聞。這非僅是大時代的悲歌，亦是爾時農業社會另一種層面的體現，故而，它也是我改變初衷決定出版的原委。不管這本書的出版能否獲得讀者諸君的認同，但對於一位正與病魔搏鬥的老年人來說，則有不凡的意義。即使它只是一本不足輕重的中篇小說，可是我卻沒有不喜歡、不珍惜的理由。只因書中的每一個字句，都是我血汗的結晶與腦力的凝聚。

二〇〇九年五月，當榮總血液腫瘤科醫師診斷我罹患血癌時，在轉瞬的剎那間，我的人生隨即從彩色變成黑白，癌症的陰影更是如影隨形、不斷地在我心中激盪著。當我懷著沉重的心情從榮總回來後，首先掠過腦海的竟是：不管還能在人間遊戲多久，為自己準備「後事」是刻不容緩的事。然而我所謂的「後事」，並非留下遺言或把名下的茅廬過戶給孩子，而是整理友人幫我書寫的序文和評論，然後編印成書。我之於會有如此的想法，除了對執筆諸君聊表敬意和謝意外，也同時為自己近四十年的筆耕歲月劃下句點。

可是萬萬沒想到，當《頹廢中的堅持》問世後，閻王卻遲遲沒來邀我共遊西天的極樂世界，讓我在人間多看好幾百次日昇月落以及黎明和黃昏。於是在這段苟延殘喘的日子裡，與其枯坐在椅上等死，還不如動動手腦，它也是促使我書寫〈花螺〉這篇小說的緣由。但是在衡量自己體力的前提下，構想中的〈花螺〉，只是一個四五千字的短篇。可是當我進入到小說的情境時，文中的人物和故事，竟如同料羅灣漲潮時澎湃洶湧的海水，不斷地在我的腦海裡湧現，讓我有欲罷不能之感。於此，我必須把這篇作品做一個較完整的詮說，即便不能達到完美的境界，卻也不能虛應故事來矇騙讀者。故而脫稿後呈現在讀者眼前的，竟是一個近五萬言的中篇。雖然沒有沾沾自喜，但卻出乎我預料。

回顧〈花螺〉在《金門日報．浯江副刊》連載之初，「金門縣政留言版」隨即出現數則留言，是褒是貶我不置可否，因為他們並未讀完全文，擅下定論，未免過早。但對於那些能從文學與歷史層面看小說的朋友們，想必他們必有深厚的文學素養，令人讚歎。可是對於那些僅只針對小說中的某個情節、斷章取義作無謂批評的朋友們，確實也讓人失望。因此在不能親自向他們討教之下，只好待全文刊載完結後再撰文加以回應。它就是〈花螺本無過，何故惹塵埃〉這篇作品。

現今趁著〈花螺〉這本書即將出版，我把它放在原文之後的附錄裡，一方面讓讀者諸君看看這篇小說，是否如同他們所說的「花螺根本不是小說，頂多是說故事的寫作而已，文字充滿粗俗，真為咱金門人水準悲哀」等語。另方面亦藉此提醒某些後生晚輩，倘若從嚴肅的文學觀點而言，在尚未詳讀全文或對文學知識僅一知半解的情況下，即使受過高等教育的薰陶而成為社會菁英，但想領略小說創作的奧妙則非易事，遑論是深中肯綮的批評。

兩年多來，即便因生命中的紅燈亮起，讓我遭受此生最大的痛楚，但纏身的病魔並沒有火速地吞噬我的生命，反而激起我更大的求生意志和創作毅力。

儘管我試圖趕在夕陽即將西下的時刻達成所有的願望，但仔細地想想，那勢必是不能與不可能的。雖然每個人的際遇與造化不盡相同，可是惟有活著才有希望，何況在人生的旅途裡，並非每條道路都是平坦璀璨的。但願我能踏穩每一個腳步勇往直前，披荊斬棘越過生命中的另一座高峰，順利地抵達我理想中的文學世界。

此時，在腦未昏、眼未盲、手未顫，身體尚能支撐的情由下，一個長年熱衷於文學與致力於文學創作的老年人，似乎沒有悲觀和輟筆的權利。他更應以堅強而不可搖奪的定力，運用上天賦予的智慧與手中的文筆，蘸著自己鮮紅的血液和熱淚，義不容辭地為這座島嶼而寫；直到淚水流盡、滴滴鮮血化成一個個文字為止。如此，方不致於辜負這片歷盡滄桑的土地，夜以繼日供給他成長的養分……。

感謝您，親愛的朋友們，你們的鼓勵是我持續創作的原動力！

原載二〇一一年十二月一日《金門日報・浯江副刊》

目次

0

今年的冬天出奇地冷，尤其是年前那一波波持續不斷的寒流，當它挾著綿綿細雨隨風飄來時，更是冷得讓人縮著脖子直打哆嗦。可是這種惡劣的天氣，對一生勞碌的花螺來說，則是見怪不怪、習以為常。

只見她頂上裹著一條厚厚的頭巾，身穿過時的舊棉襖，佝僂著瘦弱的身子，或上山耕作，或下海撿螺，或餵養家禽家畜，可說在忙碌中度過每一個日夜晨昏。因此，對於這種酷寒的濕冷天氣，始終不把它當一回事。即使隨著年華的老去，凡事愈來愈有力不從心之感，但她卻無怨無悔，歡喜做、甘願受，展現出金門傳統女性不向命運低頭的韌性。

倘若以人性的觀點來說，花螺的獨子已在台灣成家立業，她理應到台灣依傍兒媳，過著含飴弄孫的日子頤養天年，為什麼要獨自守著這棟老舊的古厝，過著孤苦伶仃的生活？難道她捨不得離開這片土地？還是放不下神龕裡列祖列宗的神主牌位？抑或是另有其他不欲人知的因素……。

1

花螺是楊家膨豬大女兒的名字。

父名膨豬，女叫花螺，聽來雖有點俗氣，但名字只不過是人的稱謂而已。名為美麗，則不一定漂亮；名叫聰明，卻也不見得有高人一等的智商。

生長在海島的居民都知道，「花螺」原是一種貝類的名稱，其肉質鮮美，又有一個漂亮光澤的外殼，因此它既好吃又好看，人們顧名思義，就稱她為「花螺」。可是不知什麼時候，「花螺」兩字卻被老一輩的長者用來教訓女孩子的語詞。一旦女孩子頑皮、不安分，或講些不三不四、不中聽的話，老人家往往會瞪上一眼，並順口罵聲：「花螺！」

若依常理而言，嬰兒出生後不久就要報戶口，楊家花螺不可能一出生就是頑皮、不安分的「花螺」，或許是長得像花螺般地標緻可愛，父母就以此來命名吧！還是楊花螺的父母有先見之明，知道女兒長大後會「花螺」，與其待她不安份時再叫她花螺，還不如趁她尚未「花螺」時就叫她花螺。他們的想法是否如此呢？誰也不得而知。

楊花螺十七歲那年，其父楊膨豬竟貪圖一筆為數可觀的聘金，把她嫁給鄰村一個大她好幾歲的男子李大條。而李大條這個名字卻也取得有點奇怪，俗稱的「大條」是愚笨而剛直的意思。可是剛出生時，他的父母怎麼會知道孩子有如此的性向呢？大條、大條，可能是好記又好叫吧。不管楊花螺與李大條兩人是否絕配，成為夫妻已是不爭的事實。

李大條父母早逝，與老阿嬤相依為命，小學沒畢業就輟學幫阿嬤從事農耕工作。雖然三餐吃的都是「粗五穀」，但長得卻比同齡孩子還粗壯，是一塊種田的好料子。然而，儘管其身軀魁梧，頭腦卻不太靈敏，手腳也有些遲鈍，除了跟隨老阿嬤上山幹些粗活外，其他事則一概不起勁，就彷彿是一頭四肢發達、步履蹣跚的老黃牛，成天懶洋洋的。於是，「戇牛」的綽號就自然而然地取代李大條的本名。老阿嬤對這位生性「條直」的「戇孫」不敢寄予厚望，只有感嘆蒼天的不公。可是仔細地一想，孩子雖不如常人，但四肢健全，長得粗壯，又是李家唯一的骨肉，如果勤於耕作，生活絕無問題，相信戇人自有戇福。於是老阿嬤在戇牛二十五歲那年，興起幫他娶房媳婦延續香煙的念頭。

老阿嬤翻箱倒櫃，從箱子底層取出一個小包袱，費了一會兒工夫，才解開打得緊緊的死結。裡面是一條金項鍊，兩枚金戒指，以及省吃儉用存下來的一點錢。她不斷地屈指盤算，如果能遇到一個不收聘金的好親家，婚禮又不要太鋪張的話，只要再養兩頭豬，就可以替戇牛娶個媳婦了……。想著、想著，一絲滿足而喜悅的微笑，輕輕地掠過老人家的嘴角。然而，這似乎只是一個夢想而已，當一切準備就緒，兩頭豬也餵養得肥肥壯壯，但孫媳婦的身影卻依然不知在何處。任憑她開給媒婆「十二斤媒人肉」、「百二箍媒人錢」的優渥條件，卻仍舊沒有一點消息。眼見與戇牛同齡的少年家一個個結婚生子，而他卻還是孤家寡人一個，老阿嬤不僅耿耿於懷，更有一份無名的惆悵和失落感。她不斷地思索，始終不相信自己的孫子會娶不到老婆，而是歸咎於命運和緣分，因為姻緣天注定，只要緣分到，喜訊總有一天會來臨。

然而，歲月不饒人，春去秋來冬天到，年復一年，老阿嬤已垂垂老矣。這幾年來，儘管包袱裡多了一對「金手環」與「金手花」，以及一枚刻著李大條名字約二錢重的金戒指，另加好幾疊十張一摺的百元鈔票。這些全是老阿嬤辛辛苦苦養豬、養羊、賣芋頭、賣地瓜、賣……，為戇牛準備的「娶某本」。

可是老阿嬤的身體已逐漸地衰弱，體力也一日不如一日，萬一有一天閻羅王要她去報到，又有誰會來關心戇牛的婚事？屆時，說不定要他打一輩子光棍，從此斷了李家香煙。想到這裡，老阿嬤不禁悲從心中來，一把鼻涕一把淚，搥著「心肝頭」，哭著喊「歹命」……。可是傷心過後她並沒有絕望，獨自在列祖列宗的神主牌前焚香發誓，不管歷經多少困難，不惜任何代價，如果沒有為戇牛娶一房媳婦，她死也不瞑目。

或許真是有燒香有保庇，媒人婆終於捎來好消息，楊家已折服她那三寸不爛之舌，同意把女兒花螺嫁給李家戇牛，唯一的條件是聘金「萬二箍」，其他「禮俗」則全免。當老阿嬤聽到這個消息，並沒有被「萬二箍」的聘金嚇到，她腦裡只有一個想法，只要能替戇牛娶某，任何困難她都會想盡辦法來克服。於是老阿嬤再次解開包袱巾的死結，神情嚴肅地取出那疊十張一摺的百元鈔票，手指不斷地沾著口水，一張一張地數著、數著、數著……。雖然不足一萬，但她隨手一抓，把先前購買的那些首飾放在掌心不停地抖動，試圖得知它的重量，而後興奮地自言自語，夠了、夠了，這些「金器」少說也有三四兩，若依目前的市價，賣它個三兩千塊總不成問題吧。

儘管楊家花螺只有十七歲，而戇牛已年近三十，老阿嬤卻一點也不擔心，只要戇牛能儘快娶親，她就心滿意足了。更何況自古以來就有「老翁疼嫩某」之說，即使它只是一句俗話，但能夠長久被人們傳誦，必有讓人信服的理由。只要他們能守著先人遺留下的那幾塊田地，夫妻倆同心協力勤於耕作，往後必能過著幸福美滿的生活，繼而地蕃衍子孫，延續李家香煙。果真如此，她死也無憾了。於是她迫不及待地告訴媒婆，決定依照楊家提出的條件訂下這門親事，而且要愈快愈好，以免夜長夢多。

2

戇牛要娶某的消息很快在村子裡傳開了，村人幾乎都給予祝福。雖然付了「萬二箍」金，等同是一樁買賣式的婚姻，但如果沒有用這種方式，戇牛不知何年何月何日始能娶某，村人也不忍心看到老阿嬤的心願落空，讓戇牛打一輩子光棍。

「戇牛仔，聽講你欲娶某啦？」隔壁阿才那個不四鬼，以輕視的口吻問他說。

「是啦！」戇牛興奮地答。

「你有歡喜無？」阿才故意地問。

「你實在有夠戇，娶某哪有無歡喜得。」戇牛得意地說。

「你敢會曉打砲？」阿才用手比畫了一個不雅的動作，意有所指地問。

「我無親像你赫爾老豬哥啦。」戇牛知道他指的是什麼，不屑地說。

「無經驗是艙使得，」阿才企圖想佔他的便宜，「到時新娘先予我開苞，我就將彼個步數教予你。」

「你老母較好咧！」戇牛瞪了他一眼，不悅地說，「我雖然無經驗，嘛捌看過豬牛咧交配，同樣是動物，彼種事志攏仝款啦，毋免你來教啦。你老母較好咧！」

「牛四跤，人兩跤，無相仝啦！」阿才嘻皮笑臉地說。

「你倒去問問你老爸，當年伊娶你老母的時陣，是啥人教伊的？是啥人共恁老母開苞的？戇才仔，老實共你講啦，我雖然傻瓜，你也聰明無若濟，毋通看我衰瀉啦！」戇牛說後，指著他，氣憤地罵著：「你老母較好咧！」

阿才再怎麼思、怎麼想，也想不到戇牛會說出這種出乎他預料的話。原本想佔佔他的便宜，反而被他數落一番，一時竟無言以對。戇牛雖傻瓜，而自己又聰明到哪裡去？的確低估了戇牛的智慧。

戇牛結婚的那天，儘管家中經濟並不寬裕，但老阿嬤還是依俗殺豬宰羊敬天公，並聘請八音古樂，熱熱鬧鬧把花螺迎進門。然後祭拜祖先，宴請親友，其場面絕不會輸給大戶人家。可是年僅十七歲的花螺，或許是營養不良，體態瘦弱又嬌小，發育並不十分完全。相形之下，與高頭大馬又「臭老」的戇牛在一起，就猶如是他的女兒。如此尚未真正「轉大人」的新娘子，倘若要她生兒育女來傳宗接代，並非是一年半載能達成的事。儘管老阿嬤抱孫心切，但又能奈何呢？只好繼續等下去了。

雖然臨出嫁時，母親曾私下告訴花螺一些攸關於夫妻相處之道與性方面的知識，但她實在不好意思聽，也不好意思問，故而在新婚那一夜，她是充滿著恐懼之心關上房門的。而在漆黑的房間裡，在古老的眠床上，當戇牛快速地脫下她的衣褲，猴急地壓在她赤裸的身軀時，她那顆處女之心不停地怦怦跳、怦怦跳，呼吸好像要靜止。可是她知道，這是女人不能承受也必須承受之重，她不得不聽從自己夫婿的擺佈。

不一會，戇牛下身的某一個部位已深入她的體內，她咬牙忍受著下體的熾熱和疼痛，無怨無悔地把童貞獻給丈夫，自己卻感受不到夫妻交媾時的歡悅。儘管老夫少妻的婚姻不被看好，但在父權的淫威下，一個懵然無知的十七歲女孩，又有什麼能力來反抗？既然命運要她和一個大她十餘歲的男人生活在一起，與其抗拒，還不如認命，果真如俗話所說「老翁疼嫩某」，自己不就是最幸運的女人嗎？花螺想著、想著、想著，很快地就在戇牛的臂彎裡睡著了……。

花螺看來非僅嬌小，亦有點弱不禁風，要她挑滿滿的兩桶水可能有困難，但自幼在貧窮的農家長大，除了勤奮善良外，做起家事更是身手矯健、井井有條。雖然沒上過學而目不識丁，但為人方面則有其獨到之處。名字雖叫「花螺」，然而她並不「花」，可說是一個道道地地的傳統女性。而她的夫婿戇牛，不僅反應遲鈍，腦筋也不靈活，唯一的是其生理上的反應，與正常人毫無兩樣，甚至更加地強烈。

新婚那一夜，即便花螺沒有豐滿的體態，身心又尚未成熟，但畢竟是戇牛朝思暮想的異性。或許，凡是年輕女性都是他夢想中的美嬌娘，因而激起他生理上強烈的反應是極其自然的事。儘管戇牛從未與女人親密地接觸過，但男女交媾、公母交配，原是動物的本能，牛馬豬羊在發情時都懂得交合，何況是人。沒有性經驗的夫妻照樣能繾綣纏綿在一起，久而久之勢必駕輕就熟、進退自如，充分享受夫妻間的魚水之歡，又何需外人來調教。阿才那個王八龜孫子，明明想佔他的便宜，還大言不慚地說要教他，甚至還提出新娘要讓他先開苞的條件。戇牛愈想愈氣，暗地裡罵著說：「伊娘較好咧，講這種無天良的膾見笑話，毋驚予雷公敲死！」

但是，在這個令人陶醉卻又難忘的新婚蜜月期裡，戇牛想的並非是老阿嬤冀望中的傳宗接代或延續李家香煙，而是壓抑的性慾徹底地得到解放。從此之後，他再也不會被人嘲笑「無某真艱苦」，也不會因夢遺而在內褲裡亂畫地圖，相信他的某，絕對會滿足他的性需求。娶某真好，戇牛的內心有性滿足過後的歡愉。至於花螺何時能替他生兒育女，對他來說並不十分重要。他期盼的是太陽快一點下山，黑夜早一點來臨，好讓他儘快地陪著花螺上床，脫光衣服溫存過後，一覺睡到天明……。

3

自從娶了孫媳婦，原先由老阿嬤做的家事，全由花螺取代。老阿嬤過了一段悠哉遊哉的時光後，竟來不及抱曾孫就與世長辭。那年花螺才十九歲，她忍著失去至親的悲傷淚水，體諒夫婿先天的「戇直」，一肩挑起老阿嬤的後事。她親自提著水桶央請井神賜水為阿嬤淨身，她親自為阿嬤準備腳尾飯、穿壽衣、摺蓮花，並以福杉材質的棺木做為阿嬤的「大厝」，即使家庭經濟並不富裕，但她一心一意要讓阿嬤風風光光上山頭。相對於戇牛，依然每日「天天」，除了上山牧牛或挖些地瓜外，他心想的仍舊是太陽快一點下山，黑夜早一點來臨，好讓他陪著妻子上床，反正阿嬤死了就死了，只要有某就好，老阿嬤真是白疼了這個曾經是她心肝命命的戇孫。然而，自從婚後，戇牛不知是什麼因素使然，或中了什麼邪，竟比婚前更加地戇了。除了想和花螺溫存外，成天一副無精打彩的模樣，就猶如是一隻病貓，這是花螺意想不到的事。

雖然花螺與阿嬤相處的時間不是很長，但自己的夫婿則是她老人家一手拉拔長大的。如果沒有阿嬤付出那筆為數可觀的聘金，她也無緣進入李家大門，領受阿嬤的教誨，因此，人要懂得感恩。儘管夫君生性「條直」，村人謔稱他為「戇牛」，而自己又偏偏嫁作戇牛妻，讓人瞧不起是很自然的事，但這是命運，她絕無怨尤。往後這個家即使沒有阿嬤做精神支柱，她依舊會和戇牛攜手，共同支撐她老人家辛辛苦苦打造的家園，絕不會辜負阿嬤疼愛他們的一番苦心。但願神愛世人，天公疼戇人！

老阿嬤出殯的那天，雖然沒有大排場，但花螺仍然為她老人家準備了白亭、藍亭、紅亭與魂主轎。家祭過後，在師公的引導、古樂的吹奏下，幫忙抬棺的村人緩緩地步上山頭，當阿嬤的棺木即將放進墓穴時，戇牛卻突然高聲地喊著：「阿嬤、阿嬤」而後放聲大哭，其悽愴之聲，確實令人鼻酸。但是，村人稱讚的並非是戇牛的孝心，而是花螺的「起工」和「捌世事」。出殯後，她請專門外燴的總鋪師來烹飪，擺席數桌，感謝前來幫忙的村人與送殯的親友。並將祭拜阿嬤的「膨粿」和「紅圓」分成數份，依習俗答謝來向阿嬤上香叩首行大禮的至親。十九歲的花螺，不僅對世俗事有所瞭解，更能面面俱到，讓鄉人刮目相看、稱讚有加。

然而她的形象在阿嬤死後，卻被戇牛的憨直破壞殆盡。只要有人故意問起他們夫妻間的性事，戇牛就會口無遮攔一五一十地告訴人家。當這種「見笑事志」傳到花螺耳裡時，簡直讓她快活活被氣死。即使她知道自己夫婿的性地，但也必須提醒他，往後毋通把這種見笑事志張揚出去。

「阿嬤雖然死了，但是伊交代我的話，我無共伊放In記的。」戇牛辯解著說。

「阿嬤交代你啥物話？」花螺不解地問。

「做人著老實，In使講白賊話。」戇牛辯解著說。

「我毋是叫你講白賊話，是叫你毋通亂講話。」花螺提醒他說。

「我哪有亂講話，」戇牛看了花螺一眼，「佪問我一日佮妳相好幾遍，是啥人先脫褲的，是妳佇面頂還是我佇面頂，我就老老實實共佪講，我哪有亂講話，嘛無講白賊話啊！」

「戇牛啊，你怎樣會赫爾戇？怎樣會赫爾袂見笑？」花螺用力擰了他一下臉頰，氣憤地說。

「我雖然共佪講，佪嘛同樣共佮佪某相好的事志講予我聽啊！」戇牛又一次地強辯著，復露出一絲得意的微笑，「佪還教我真濟眠床頂的功夫呢，今仔暗咱會使來變變花樣，換換姿勢佚陶佚陶好毋好？」

「變態、變態！𣍐見笑、𣍐見笑！」花螺白了他一眼，不停地用食指劃著自己的臉頰，雖然她不知道要變什麼花樣，但她猜想，絕不是一種正經事。於是她毫不客氣地警告他說：「若是毋較正經一點，就去死好了！」

「佪講妳少年又擱媠，若是妳欲佮佪相好，佪還擱欲予我錢呢！」戇牛得意地說：「世間上哪有彼爾好康的事志。」

「去死、去死、去死好啦！」戇牛話剛說完，花螺猛力地推了他一把，復又搧了他一巴掌。

「姦恁老母較好咧，妳敢拍我！」戇牛摸摸熾熱的臉頰，踉踉蹌蹌地退了好幾步，復又跨上前一步，還了她兩巴掌。

花螺頭一暈，眼前冒出許許多多的火金星，她再怎麼思、怎麼想，也想不到戇牛會變成這副模樣，除了口無遮攔外，竟然還敢動手打老婆，這是豬狗牛的行為啊。原以為他只是較條直，而條直亦有條直的好處，只要安安份份且勤於耕作，即可彌補先天的不足，這也是花螺對他的期望。然而，希望愈高，失望愈大，在花螺眼中，戇牛已徹底地「變款」，不知是中了邪？還是沖犯了神明？抑或是祖先來「點醒」？花螺聽從村人的建言，四處求神卜卦，無論是「該拜」或「該謝」的地方，她都遵照神明的指示，準備「順盒」、「菜碗」與「金銀紙錢」，虔誠地祈求神明的「保庇」，讓戇牛能恢復正常。

但是，無論她多麼地虔誠叩首膜拜，仍然起不了作用，戇牛依舊我行我素，成天遊手好閒在村子裡晃蕩，甚至和一些臭味相投的同夥「抽虎鬚」炒米粉、喝燒酒。除了每次都是抽到出錢最多的「大頭」外，一旦黃湯下肚，更是藉酒裝瘋，胡言亂語，甚至和人爭吵打架。山上的農事與家中的瑣事全由她一人獨攬，性的需求更是需索無度，甚而還經常做一些變態的動作，若有不從，憑著他孔武有力的男人優勢而強迫就範或拳腳相向，面對如此的情境，花螺簡直苦不堪言。然而，無論受到多大的委曲，遭受多大的折磨，她非僅認命，也忍氣吞聲，從未回娘家訴苦，亦從不怨天尤人。她特有的韌性，就猶如是一顆生長在石縫裡、生命力頑強的海中花螺……。

4

成天的勞累，復加精神上的折磨，以及未曾好好的妝扮，三十歲不到的花螺，竟比四十歲的婦人還要「臭老」。當年老阿嬤不惜花費高額聘金為戇牛娶親，其最主要的目的是為了傳宗接代、延續李家香煙。可是從結婚到現在，已過了好幾個年頭，儘管戇牛性慾超強，幾乎有夜夜春宵的本事，但花螺卻一直沒有「大腹肚」的消息。在極端疲累下，花螺曾想過，如果有一個孩子，或許可就此改變戇牛的行為，讓他振作起來。她不冀望什麼，也相當地認命，嫁戇翁並不可恥，唯一的是希望戇牛能像阿嬤在世時，那種「戇戇仔食、戇戇仔做」的勤奮精神，而不是現在這種頹廢的模樣。倘能如她所願，也就心滿意足了。然而能嗎？花螺不敢有太多的期望，甚至想要一死了之，到天堂找阿嬤，順便告訴她，戇牛不僅僅是戇，而且還「戇」中帶「倥」，如果想延續李家的香煙，就請阿嬤設法救救他吧……。

花螺家後面有一棟老舊的「護龍厝」，長年被駐軍佔用做為「伙伕間」，而駐軍則將廚餘和餿水送給屋主餵豬。駐防的三十三師換防回台灣，由二十七師輪調來接替，村裡駐紮的是衛生連官兵，伙房由一位叫老王的伙伕班長帶領兩位士兵負責炊事，部隊晚飯後，花螺總會帶著空桶，把餿水和廚餘提回家餵豬。

如依當年農家的生活品質而言，部隊剩餘的飯菜，可說遠勝他們地瓜稀飯配豆豉數百倍。然而，伙伕在收拾碗盤時，為求方便，幾乎都同時把剩餘的飯菜倒進餿水桶裡。雖然數量不多，但總是可吃的食物，故而看在花螺眼裡，的確有暴殄天物之感，但又不敢把她的想法告訴他們。

老王雖是一位個性耿直的山東漢子，但其為人厚道，重義氣，也識字，更有一顆悲天憫人之心，儘管在連上擔任的是炊事，弟兄們對他則是敬愛有加。民國三十八年隨著國軍從大陸撤退來台，從此就跟隨著部隊駐紮在台灣本島與金馬外島，金門已是他第二次駐防。當他第一眼看到來倒餿水的花螺時，竟情不自禁地多看了她一眼，因為這個女人的身影，多麼像他老家的妻子春嬌啊！他們家世代務農，春嬌則是自小在他們家長大的童養媳，成天忙於農事和家事，讓她沒有喘息的機會。即使如此，她知情達理，孝順公婆，對他更是溫柔體貼、百依百順。其瘦弱的身軀，蒼白的臉色，楚楚可憐的模樣，多麼像眼前這個小阿嫂啊。於是一份憐憫之心，打從老王心靈深處油然而生。

「小阿嫂，我來幫妳提？」老王走到她身旁，自告奮勇地說。

「謝謝啦，」花螺不好意思地，操著不太標準的普通話說：「我提得動啦。」

「小阿嫂，妳別客氣，難道妳沒有聽過：軍愛民，民敬軍，軍民本是一家人嗎？何況我的力氣比妳大。」老王說後，提著那桶餿水就走。

「歹勢啦！」花螺含笑地，趕緊走上前帶路。

雖然「伙伕間」離她家不遠，但這桶餿水少說也有十幾斤重，而且餿水會隨著腳步而晃動，倘若不小心讓它溢出來，勢必會弄髒衣服。於是老王小心翼翼地提著那桶餿水，並放在花螺指定的地方。然而，當他欲轉身時，卻無意中看到餐桌上那鍋地瓜稀飯與一小碗豆豉，以及一大把帶殼的花生。

「你們還沒吃晚飯啊？」老王關心地問，卻也情不自禁地搖頭感歎，三餐吃地瓜配豆豉，怎麼會有營養，難怪小阿嫂會面黃肌瘦。由此亦可看出這個家庭的經濟狀況。

花螺微微地點點頭，並沒有請他坐一下，眼見老王無趣地步出她家大門，卻突然間感到有些不好意思。但繼而一想，他是「兵仔」，是離鄉背井來到這座島嶼等待反攻大陸的「北貢兵」，而自己卻是有夫之婦，一旦他真的坐下而被村人看見，絕對會讓人說閒話。雖然老王好心好意幫她提餿水，禮貌性地請人家坐坐並不為過，但人言可畏啊！尤其是在這個傳統封閉的小農村，喜歡說閒話的婆婆媽媽一大堆，花螺的顧慮並不是沒有理由的。

經過一段時間的觀察和打聽，老王知道花螺的處境後，更是心生憐憫，於是竟興起如何來幫助她的念頭。首先他把早餐吃剩的饅頭，用蒸巾包好，放在蒸籠裡，雖然數量不多，但畢竟是乾淨可食之物，與其丟進餿水桶裡，還不如送給他們吃。想必家境不太寬裕的小阿嫂，是不會嫌棄的。

「小阿嫂，這幾個饅頭妳帶回去吃。」老王趁著花螺來倒餿水時，遞給她說。

「班長，這怎麼好意思。」花螺看著他，遲疑了一下，不敢伸手去接。

「雖然是吃剩的，但卻是乾淨的。」老王惟恐她嫌棄，解釋著說。

「不，我不是這個意思。」花螺連忙說：「吃你們的東西，不好意思啦！」

「不要客氣。」老王笑笑，並誠摯地說：「只要妳不嫌棄，如果有吃剩的，我就幫妳留起來。不是我說大話，連上吃剩的饅頭或飯菜，都比你們的地瓜稀飯來得營養。」

「我怎麼會嫌棄呢，是不好意思啦。」花螺坦誠地說：「我們家的農田幾乎都是沙地，所種植的除了高粱花生就是地瓜，一旦天公不下雨，便沒有收成。自從軍隊來後，生活雖然有點改善，但地瓜仍是我們的主食。有時看到你們把剩菜剩飯倒進餿水桶裡讓我餵豬，實在有點可惜。」

「我知道妳很節儉，這也是我們中國婦女的傳統美德。我大陸老家也是種田的，自己雖然讀書不多，卻知道：『鋤禾日當午，汗滴禾下土，誰知盤中飧，粒粒皆辛苦！』這個道理。因此，我也認為把剩餘而可吃的食物，倒進餿水桶裡去餵豬，實在太可惜了。」

「有時看到餿水桶裡的剩菜剩飯，讓我有豬吃的比人還好的感慨。」花螺搖搖頭，感嘆地說。

「如果妳不介意又不嫌棄的話，以後若有剩菜剩飯，我不要把它倒進餿水桶裡，另外用小盆子裝好，讓妳帶回家熱了吃。」老王誠懇地說。

「會不會增加你的麻煩？」花螺看看他，顯得有點不好意思。

「舉手之勞，談不上麻煩，只要妳不嫌棄就好。」老王笑笑，不在意地說。

「我求之不得，怎麼會嫌棄，」花螺說後，有所顧慮地問：「長官會不會罵？」

「吃剩的飯菜，又不是買賣軍用品，沒有關係啦！」老王無所謂地說，卻也有點擔憂，「妳家小阿哥會不會不高興？」

「只要有得吃，他哪會不高興。」花螺毫不懼怕地據實說：「不怕你班長見笑，他腦子有點不靈光，而且有愈來愈嚴重的症狀，成天遊手好閒、不務正業，我拿他一點辦法也沒有。」

「我也聽說了一點，可能是妳上輩子欠他的，這也是一種無奈的事。為了扛起這個家，小阿嫂，妳必須堅強。」老王鼓勵她說。

「謝謝你的關心，我不僅認命，也會堅強地活下去。」花螺淡淡地說。

「對，就是這樣，」老王開導她說：「人生不如意的事十有八九，誰不願意過好日子，只是往往天不從人願。但事在人為啊，凡事必須靠自己，不能向命運低頭！」

「班長，謝謝你的鼓勵，我能領會到你的話語。」花螺以一對感激的眼神看著他說。

5

部隊「伙伕間」的剩菜剩飯，或多或少幾乎天天都有。偶而地遇到年節加菜，老王還會刻意地挾幾塊肉放在盆子裡，再用剩菜覆蓋在上面，以掩他人耳目，好讓小阿嫂帶回家打打牙祭。然而花螺家人口簡單，如果遇到菜色不合官兵口味而剩餘較多時，有時竟還吃不完。儘管自家的家畜家禽需要餵養，但對於那些可食用的飯菜，她不僅捨不得倒進餿水桶裡餵豬，甚至在加熱後，還添了滿滿的一大碗，送給年邁的嬸婆當晚餐，讓老人家感激不已。在吃了一段時間的「兵仔饅頭」和「兵仔飯菜」後，花螺瘦弱的身體與蒼白的臉色，無形中竟改善了不少。無論上山下海，都不會像先前那副未老先衰、無精打彩的模樣。不僅已恢復之前的體力，即使沒有刻意地妝扮，依然能感受到她那紅潤的臉頰與飽滿的神采。因此，對於老王施予的這份恩惠，她心中充滿著無限的感激。可是部隊駐防是有時間性的，這種日子不知還能過多久，她多麼希望老王不要換防回台灣啊！

然而，儘管戇牛和她同享兵仔饅頭和飯菜，有了足夠的營養，身體理應更強壯才對。但他不知是縱慾過度，或飲酒過量，抑或是中了什麼邪，無論身體或精神，都顯得疲弱不振。好長的一段時間，再也沒有出去四處晃蕩，更別說上山耕作或晚上和她燕好。從早到晚一直「戇神、戇神」地呆在家裡不言不語，甚而面對著祖先的神主牌位發呆，與智能不足的白痴沒兩樣。眼見戇牛如此的神情舉止，花螺不僅感到驚恐，亦有點不捨。畢竟，他是自己的夫婿，所謂「一夜夫妻百日恩」，她理應細心照顧，讓他儘快地恢復健康才是首要。要不，若有什麼三長兩短，她將如何向死去的阿嬤交代。

於是，她不得不再次地求助於神明，請祂「派金紙」賜「符水」。無論神明指的是東方、西方或南方，派的是「經衣」、「代替」或「婆姐衣」，附帶的是「茶酒」、「順盒」或「紅圓」，她莫不一一遵照辦理。甚至她家所有的門窗，也依照乩童的指示貼上靈符，並將神符置放碗中燒成灰燼，再沖開水給戇牛喝，冀望他快快好起來。儘管花螺的精神和肉體，曾受到戇牛百般的折磨和傷害，這道傷痕迄今仍是她心中揮不去的夢魇和傷痛。然而過去的就讓它過去吧，得饒人處且饒人，面對成天坐在家裡「戇神、戇神」的戇牛，花螺只有選擇寬恕和包容。要不，又能奈何呢？

可是，即使花螺費盡心思求神卜卦，依舊不能改善戇牛的病情。老王也請衛生連醫官來幫他診斷，並配藥讓他服用，也是毫無起色。一天兩天、一個月兩個月過去了，春天到了要播種，花生成熟要收成，欄裡的牛羊要放牧，家畜家禽要餵養，每一個日夜晨昏，花螺幾乎都在忙碌中度過，除了照顧他生活起居外，其餘時間只好任由戇牛枯坐在家裡，面對著神龕裡的列祖列宗，獨自「修身養性」了。想當年，戇牛祈求的是太陽快一點下山，黑夜早一點來臨，好與妻子上床溫存。如今的花螺，則是冀望太陽不要太早下山，黑夜不要太早來臨，好讓她把田裡的工作做完。然而，天往往不從人願，時序的輪轉自有它的定律，由不得人們來左右。

雖然花螺每天忙於農事和家事，但因蒙受老王的照顧，時而饅頭，時而剩飯剩菜，三餐幾乎都吃得飽飽的，讓她有足夠的體力來工作。繼而也因為戇牛的健康關係，不必再承受身心與肉體的雙重折磨，故此，她的精神生活似乎比已往更加地愜意，整個人看來更是神采奕奕。除了面頰光澤紅潤外，其體態也更加地豐滿，充分展現出中年婦女成熟的魅力。唯一遺憾的是沒有和戇牛生下一男半女，若依戇牛此時的身體狀況而言，已是不可能重溫夫妻魚水之歡的舊夢了，遑論想生個兒子來傳宗接代。阿嬤的期望終將落空，李家從此絕後已是不爭的事實，這不僅是命運，也是天意，花螺必須坦然面對。但是否會有奇蹟出現的一天呢？誰也不得而知，或許，只有問問蒼天了……。

儘管花螺在物質上得到滿足，精神方面也得到解脫，但是，她的心靈卻是空虛寂寞的。戇牛之前給她的是凌虐，之後則是折磨，現在彷彿與一具木頭人生活在一起，沒有任何情趣可言。真正能讓她感到興奮的，或許是種下的農作物能有好收成，欄裡的豬仔能快快長大賣個好價錢，其他她又能冀望什麼呢？幸福人生對她來說遙不可及，枯燥的心靈不知何日始能獲得甘霖的滋潤。在這個細雨霏霏的深夜裡，她獨自躺在古老的眠床上，翻來覆去難入眠，門外野貓叫春的聲音聲聲激動著她的心扉。剎時，她粗糙的手竟無意間觸摸到自己脹得圓凸凸的胸部，熾熱的慾火已不斷地在她體內燃燒，原是一泓死水的閘門卻在驟然間啟開，而且一瀉千里，如同水流湍急的江河，如同波濤洶湧的大海，它將流向何處？是遠方？還是夢想中的新世界？於是，她一遍又一遍，一遍又一遍，輕輕地揉搓著乳房尖端突起的部位，甚至愈揉愈重，愈搓愈用力，試圖以這種方式讓體內的慾火降溫。想當年，戇牛在得到性解脫時曾說過：「有某真好。」現下的花螺，是否會有「無翁真艱苦」的感嘆呢？只因為她是人，一個孤單寂寞的女人，她非僅需要愛，更需要男人的撫慰。倘若此時戇牛以粗魯變態的性行為來折磨她，她非僅無怨無悔，甚至也樂於接受。因為她體內的慾火，勢必能就此被澆熄，讓她免予遭受慾火焚身的痛苦。然而，一切已是不可能，此時的戇牛已是一具不折不扣的木頭人，他焉能知道她此刻需要的是什麼？經過自己的一番揉搓，已感受到下身有不明液體緩緩地流出，讓她感受到無比的舒暢和快慰。

6

阿嬤忌辰的那天，花螺異於往年，除了上街買些魚內外，並親自殺了一隻雞，她不僅要以豐盛的菜餚祭拜阿嬤，也預計要順便請老王以及「伙伕間」兩位炊事兵，一同來家裡吃飯，以感謝他們平日送給她剩餘的饅頭和飯菜，讓她免於三餐吃地瓜配豆豉。她有足夠的體力從事農耕，也是蒙受他們所賜，因此，人要懂得感恩，相信阿嬤不會責怪她過於鋪張和浪費。

「小阿嫂，妳不要那麼客氣啦。妳是知道的，飯前飯後都是我們廚房最忙的時刻，哪有時間到妳家吃飯啊！」老王據實說。

「班長，我知道你們軍隊的伙食好，可能吃不慣我們老百姓煮的東西，但這是我的一番心意，你們可千萬不要推辭。」花螺想了一下，又說：「班長，這樣好了，晚上你們吃得早，我們吃得晚，等你們晚點名過後再來，就當作是吃點心吧。」

「小阿嫂，妳太客氣啦！」老王不好意思地說。

那晚，花螺大碗小碗、大盤小盤擺滿一桌，她先讓戇牛吃飽，然後扶他到「欅頭仔」睡覺。不一會，老王帶著兩位炊事兵來了，而且還提了一罐軍用豬肉罐頭、一罐九母魚罐頭，以及一瓶五加皮酒。

「班長，你們又帶罐頭又帶酒，這怎麼好意思。」花螺笑著說。

「小阿嫂，意思意思、沒什麼啦！」老王不在意地說，兩位士兵陪著笑。

或許是吃膩了軍隊的伙食、自己炒的菜，想不到花螺煮的那幾道富有金門口味的菜餚，竟讓他們吃得津津有味。尤其是「木耳膨蛋」、「金針燉土豆」、「蒜仔炒米血」與「筍片湯」更是讓他們讚不絕口。兩位炊事兵因趕著要回廚房和麵、發麵，準備明晨蒸饅頭，故而先行離去。大廳裡的「食糜桌仔」只剩下老王和花螺兩人。

「小阿哥的情況有沒有改善一些？」老王飲了一口酒，關心地問。

花螺搖搖頭，卻突然說：「班長，可以讓我喝一口酒嗎？」

「妳有沒有喝過？」老王低聲地問。

花螺含笑地搖搖頭。

「五加皮沒有金門高粱強烈，喝一點也沒關係。」老王說著，準備把他的酒杯遞給花螺。

「我用自己的碗就可以了。」花螺說後，把自己的碗向前移。

老王幫她倒了約兩小杯的份量。

「來，班長，」花螺端起碗，「我敬你。」說完，喝了一大口。

「謝謝妳，小阿嫂。」老王輕啜了一小口，看看她，關心地說：「慢慢喝，不要太大口，等一下醉了難受。」

「甜甜的嘛，很好喝。」花螺說著、說著，不一會，雙頰已出現兩片嫣紅的彩霞，在「土油燈仔」微弱燈光的映照下，更有一份成熟女性的美感，老王情不自禁地多看了她一眼。

彼此沉默了一回。

「班長在大陸老家有沒有娶老婆啊？」花螺好奇地問。

「小阿嫂，我不是想佔妳的便宜，我老家那個女人長得很像妳，不僅能幹，也能吃苦。」老王據實說。

「你為什麼跑出來當兵？」花螺睜大眼睛問。

「一言難盡啊，」老王微嘆了一口氣，而後激動地說：「被國民黨那些王八蛋騙出來的！他們口口聲聲說帶我們出來，一定會帶我們回去，可是已過去好幾年了，還是讓我們流落在異鄉，承受有家歸不得的痛苦。」

「班長，我們不談這些，讓人聽見不好。」花螺知道這是一個不能發牢騷、不能亂說話的年代，趕緊舉起杯說：「班長，我再敬你一杯。」

「不，小阿嫂，我敬妳！」老王一口飲下滿滿的一小杯酒，不一會，古銅色的臉龐已變了樣，似乎有一點酒意。

時間在不經意中從指隙間溜走，儘管花螺不勝酒力，老王亦有點微醺，但他們的理智卻是清醒的，並沒有像戇牛喝醉時藉酒裝瘋的醜態。老王主動幫花螺收拾碗筷，清理桌面的殘渣，其動作不僅熟練，手腳也乾淨俐落，看在花螺眼裡，的確有難以言喻的感慨。與戇牛結婚多年，她受到的是心靈與肉體的雙重折磨，而不是夫妻間相互扶持和尊重。原先冀望中的老翁疼嫩某，已成為她心中一個遙不可及的美夢，相對於眼前這個歲數比戇牛還大的「老北貢」，或許才真正懂得「疼嫩某」的箇中道理。花螺情不自禁地抬頭看看他，那憂鬱的眼神，許是思鄉的情愁；滿佈滄桑的臉龐，是顛沛流離的戰火印記；率直的個性，不就是山東老鄉的標誌麼？在花螺心目中，他已不純然是一個伙伕班長，而是一個能託終身的伴侶。花螺想著想著，她的臉比剛才喝酒時還要紅、還要熾熱，只因為她已是一個有夫之婦，怎麼能再想這些「膾見笑」的事……。

花螺洗碗時，竟不小心摔破了一個大瓷盤，老王聽到鏗鏘的聲響時，趕緊走到她身旁，拉起她的手，關心地問：「有沒有割傷？有沒有割傷？」花螺看看他，並沒有掙開自己被拉住的手。老王不停地撫著她的手心和手背，口中也不斷地說：「有沒有割傷？有沒有割傷？」當他們的目光重疊在一起時，他聞到花螺淡淡的髮香，他看到花螺嫣紅如桃花的臉頰，老王再也控制不住自己的情緒和理智，張開雙臂，緊緊地把她摟住。而花螺非僅沒有拒絕，甚至還雙手環過他的腰，以一對水汪汪的眼睛看著他。此時此刻，眼前這個楚楚可憐的小阿嫂，她冀求的是什麼？她需要的是什麼？在家鄉已結過婚，卻又身經百戰的老王焉有不知情之理。

於是老王托起她的下巴，輕輕地吻著她的唇、她的眼、她的耳，一遍遍，一遍遍，輕輕地吻著、吻著、吻著……，當老王的手不停地在她身上游移時，花螺何能忍受如此的挑逗。於是老王把她抱起，緩緩地走進臥房，輕輕把她放在床上，在尚未等到老王更進一步的動作時，花螺竟火速地抱著他的頭，在他臉上狂吻著。老王已顧不了自己是中華民國陸軍第二十七師衛生連上士炊事班長的軍人身分，快速地脫去下身草綠色的黃埔大內褲，露出一個多年未曾使用過的陽物，強壯的身體促使他體外的海棉體快速地膨脹。他急欲獲取的是性的紓解和滿足，完完全全忘記自己置身在這個準備反攻大陸的最前線，一旦違反了軍紀，必須接受軍法的制裁。只因為眼前這個標緻的小阿嫂，已是有夫之婦，倘若讓人發覺而被告發，他必須付出應有的代價。

而現下的花螺，已是名符其實的「花螺」，她何曾想過舊道德中，婦女應盡三從四德的義務？身處在這個保守的小農村，一旦他們的好事被人發覺，免不了要掀起重大的波瀾，她美好的形象勢必也會在一瞬間化為烏有。儘管她知道「若要人不知，除非已莫為」與「紙永遠包不住火」這兩句話的含意，但是，她已無暇顧及那麼多。就在此時，就在此刻，她體內的某一個部位彷彿有許許多多小小蟲兒在蠕動、在爬行，一種俗稱叫淫水的液體亦已潤濕她的下身，她感到前所未有的難受。於是她緊緊地摟著赤裸著下身的老王，當老王柔情地撫摸她身體的某些部位時，她已難受得不能自己。

而就在她微微喘氣的剎時，只見老王身子一翻，兩人的身體已緊密地結合在一起，老王那話兒無須瞄準，在驟然間已沉沒在花螺的體內，沒有留下一點點空隙，如果說有，那便是老王的體貼和深情。當乾柴烈火在這張古老的眠床猛烈地燃燒時，只見花螺雙眼緊閉，頭微微地搖晃，一絲滿足的微笑在嘴角久久地停留，彷彿是一朵盛開的玫瑰花。久旱逢甘霖，那是一件多麼美好的事啊！可是，當他們繾綣纏綿、翻雲覆雨，盡情地享受魚水之歡的同時，花螺再也忍受不了老王深入淺出的熟練技巧。因此，她不斷地喘息吐氣，內心不停地吶喊呼喚，再這樣下去她一定死，鐵定會死。而這種死，不就好比英勇的戰士戰死在沙場那麼地轟轟烈烈麼？能為國犧牲、為國捐軀，更是沒有遺憾，沒有怨尤。

久久的纏綿過後，當老王那股強烈的暖流流入她體內時，她已深深地感受到，老王下身那話兒已逐漸地收縮，甚至已在她的體外徘徊，重疊在一起的軀體亦沒有初時的緊密。可是他們並沒有就此而分開，相反地，她把他抱得更緊，有不能失去他的強烈意志。即使嬌小的花螺不能承受老王身軀之重，但這卻是一種甜蜜的負荷，她心甘情願地接受，無怨無悔地承受……。

7

花螺和老王相好的事，除了他們自己知道外，或許只有天知、地知。因為並沒有人親眼目睹，也沒有讓戇牛捉姦在床，在沒人提出證據加以檢舉或告發下，即使部隊長官有所耳聞，但只不過是老王對她的關照，把部隊吃剩的飯菜送給她食用，其他又能奈何？故而，他們偷偷地竊笑，暗暗地爽著，尋機在床上繾綣纏綿、翻雲覆雨，適時解決他們壓抑的性。即便紙包不住火，老王對他們家好已是眾所皆知的事，花螺也蒙受「伙伕班長」的特別照顧，才有「兵仔饅頭」和「兵仔飯菜」可吃，有些村婦在羨慕之餘，卻也有點眼紅。於是花螺「討」伙伕班長的蜚言蜚語不脛而走，但這些都是未經證實、惡意中傷的流言。因為他們的好事都是在隱密中進行，並沒被人發覺，或是讓人捉姦在床。儘管花螺從側面上聽到一絲兒耳語，可是並沒人敢當面衝著她說。因此，她並未十分在意，就任由他們說去吧。

所謂有一就有二，有二就有三，一點也假不了。老王的「伙伕間」與花螺的住處相距不遠，花螺每天除了要到伙伕間提餿水外，老王沒事時也經常在她家走動。然而，他們知道人言可畏，表面上故作冷漠，實際上則是眉目傳情，暗地裡做他們想做的事，而且是一而再再而三，其親密的程度，儼若是一對新婚不久的夫妻。儘管他們也曾經聽過「花螺討伙伕班長」的蜚語，但卻裝聾作啞，不把它當一回事，只要自己高興就好，又有什麼不可以。況且嘴生在人家的身上，他們喜歡怎麼說，就怎麼說。或許說多了，傳久了，花螺討伙伕班長的流言蜚語，也就不新鮮了，久而久之習慣便成自然，誰還會在意呢。

「阿豬嫂仔，花螺大腹肚啦，妳知影無？」有一天，隔壁的秀桃興沖沖地告訴阿豬嫂仔說。

「夭壽秀桃仔，妳毋通亂講！」阿豬嫂打了她一下，糾正她說。

「真的啦！」秀桃肯定地說。

「伊是一個有翁的查某人，大腹肚是真正常的事志，有什麼大驚小怪也。」阿豬嫂不屑地說。

「戇牛破病真久，伊彼枝已經𣍐用的啦！」秀桃說後哈哈笑。

「妳也毋是囡某，哪會知影伊彼枝袂用的？妳真三八喔！講講彼五四三的，毋驚予人笑死。」阿豬嫂白了她一眼說。

「花螺討伙伕班長已經真久啦，妳敢毋知影？」秀桃毫無顧忌地說。

「妳敢有親目看到花螺討伙伕班長？」阿豬嫂反問她說。

「鄉里人攏嘛按爾講，」秀桃有點輕視地，「細漢𣍐花螺，大漢無花螺，食老再來花螺，講起來實在真見笑喔！」

「秀桃仔，妳實在真夭壽喔，毋通大嘴舌啦！顧好妳該己就好，別人的事志毋通管相濟！」阿豬嫂勸導她說。

秀桃雖然自討沒趣，但「花螺討伙伕班長」與「花螺大腹肚」都是不爭的事實。

可是，即使花螺是有夫之婦，然其夫婿長年臥病癱瘓在床，非僅不能人道，亦不能善盡為人夫者之責。而花螺蒙受老王的愛顧，吃的雖是伙伕間的剩飯剩菜，但比吃地瓜配豆豉強上數百倍，在飲食正常、營養均衡下，原本虛弱的身體已恢復健康。而有了健康的身體，又正值女性三十如狼、四十如虎之年，對性的需求勢必更加地強烈。當壓抑多時的性得不到解脫與滿足時，她必須尋找外來的刺激，這何嘗不是人性內心自然的反應呢？在花螺單純的想法裡，與其與同村的已婚男人相好，讓人一輩子指指點點，還不如找那些來自大陸的單身老北貢較沒有爭議，尤其能碰到身體強壯又體貼的老王，更讓她感到窩心。但是，在興奮之餘，她也必須向李家的列祖列宗，以及臥病在床的戇牛說聲抱歉，她絕不是天生的花螺，而是在不得已的情境下，才會對不起他們。

雖然多數村人不認同花螺的做法，甚至惡毒地說她「討伙伕班長」。而自己此生最大的過錯、最見笑的事志，莫非是沒有遵守傳統婦女的三從四德，但這畢竟是不得已的個人行為，後果必須由她自己來承擔。因此，對於「花螺討伙伕班長」或「花螺大腹肚」的流言，她始終以平常心來看待，重要的是如何把孩子平安地生下，復把他教養成人，才是她必須去深思、去面對的問題。況且，她與戇牛並沒有生下一男半女，李家後繼無人讓她感到遺憾。儘管未出世的孩子是老王的骨肉，但戇牛卻是她的配偶，將來申報戶口時必須跟著他姓李，老王必須坦然地面對這個事實。冀望來日孩子長大後，能李家、王府兩頭兼顧，這種兩全其美的辦法絕對可行，故此，花螺並不感到自己出軌是一種恥辱，反而感到莫大的安慰。但願遠在天堂的阿嬤，以及祖龕裡的列祖列宗能保佑她，讓她平平安安地把孩子生下，好延續李家的香煙……。

老王再怎麼想，也想不到能在異鄉異地譜下這段戀曲。雖然他知道花螺是一個有夫之婦，自己在大陸老家亦有妻室，理應不能昧著良心與她發生姦情，而且還讓她懷有身孕，這是一件多麼不道德的行為啊！可是繼而一想，小阿哥長年臥病在床，已形同廢人。而小阿嫂除了上山下海擔負家的重責大任外，她那顆寂寞的芳心又有誰能給予撫慰？而他長年過著枯燥乏味的軍旅生活，在不能反攻大陸回老家時，他多麼盼望能在這個純樸的島嶼成一個家啊！但是，以他上士炊事班長的微薄薪餉，加上居無定所，此生已是不能與不可能。想不到在他感到絕望的同時，竟能遇到這個標緻的小阿嫂。於是在乾柴烈火與兩情相悅的使然下，極其自然地迸出愛的火花，甚至還把他王家的一顆種籽，散播在這塊土地上，往後是否能開花結果蕃衍下一代，只有聽天由命了。然而，不幸的事終於隨著他的喜悅而來了，部隊駐防兩年的時間已到期，他必須離開這裡，隨軍移防到台灣，何日能重回這座島嶼則是未知數。

「小阿嫂，請妳相信我，我老王不是一個無情無義之徒。我會儘快地回來與妳相聚的。」臨別時，老王安撫她說。

「班長，我不能沒有你，你務必要快一點回來，別忘了我肚子裡有你的骨肉。」花螺傷心地說。

「回到台灣後，我一定會設法辦理退伍，軍隊已沒有值得我留戀的地方。尤其當妳的肚子懷著我們的孩子而正需要我的時候，我竟然必須離開妳，讓我感到十分的愧疚和不捨。小阿嫂，我對不起妳！」老王說著，從口袋裡取出一疊鈔票和一枚金戒指，深情地遞給她說：「這些錢是我近幾年來的存款，雖然只有區區幾千塊，但足夠妳買些補品補補身體。這枚金戒指是我從老家帶出來的，就讓妳留下做個紀念。」

「不，班長，我不能收你這些貴重的東西。」花螺猛力地搖著手說：「我不僅會照顧我自己，也會讓孩子平平安安地生下，只冀望你到台灣後，不要忘了我們母子，要儘快回來和我們相聚。」

「小阿嫂，雖然我們現在無緣成為一對正式的夫妻，但我們的兩顆心早已結合在一起，比形式上的夫妻還要來的紮實。」老王拉起她的手，把錢和戒指交給她，「這些東西妳無論如何也要收下，它非僅代表我的心意和誠意，也代表著我們深情不渝的誠摯情感。小阿嫂，我一定會回來和妳生活在一起，雖然不是一天兩天就能達成的事，但我以人格保證，我老王絕對不會辜負妳的！妳要自己保重，也要為我們未出世的孩子保重，將來一旦我回來，看到妳們母子平安快樂，那才有意義。」老王說著、說著，竟紅了眼眶，「如果生男就幫他取名為煙台，讓他知道自己是山東煙台人，倘若生女就由妳來命名吧。」

「班長，我等你回來，我等你回來，我衷心地等著你回來，我和孩子都不能沒有你……。」花螺伏在他的胸前，流下一滴滴傷心的淚水……。

8

花螺生下兒子後不久，戇牛就病入膏肓、與世長辭了。是否因花螺討伙伕班長，讓他戴上綠帽含恨而死？還是壽命該終？然而他的死不管是基於什麼原因，戇牛躺在大廳右邊的水床上，等待入殮後擇日「出山」已是事實。儘管花螺曾遭受他的折磨，創傷的身心尚未癒合，但兩人畢竟夫妻一場，花螺還是把他的後事辦得風風光光，和老阿嬤當年的喪禮幾乎毫無差別。尤其有煙台當孝男幫他舉「幡仔」，更讓他死而無憾。儘管孩子是花螺討伙伕班長所生，是老王的骨肉，戇牛只不過是一個名義上的父親而已。可是戶口名簿清楚地記載著：「戶長：李大條。妻：楊花螺。長男：李煙台。」人口雖簡單，記載則詳實，誰敢否定他們的父子關係？戇牛的死，除了有孝男舉幡仔送終外，神主牌上也清楚地刻著：「先父李大條之神位，孝男李煙台奉祀」等字樣。若依傳統的民情風俗而言，戇牛不僅可以瞑目，也可說死了「真值」，因為總算有子可延續他的香煙。

經過長久的接觸與觀察，在地人都說北貢兵較有感情，那是千真萬確的事。老王調回台灣後，並無石沉大海或失去音訊，除了經常寫信問候花螺外，每逢年節，或多或少都會寄點錢給他們母子過節，可說是一個有情有義的老北貢。村人知道這個消息後，莫不對當年這個伙伕班長另眼相看、稱讚有加。於是，花螺討伙伕班長的醜事，就極其自然地隨著李煙台的成長而逐漸地被村人淡忘。尤其是花螺，除了勤於農耕、獨力撫養孩子外，村裡的婚喪喜慶，更是主動參與、熱心幫忙，一般人情世故也瞭若指掌、如數家珍，是許多村婦主動討教的對象。故此，並沒有因之前人格上的瑕疵被村人唾棄，反而以她現在的義舉善行讓村人肯定。對於李煙台這個活潑乖巧的孩子，更不忍心傷害他的自尊，讓孩子幼小的心靈能在快樂中成長。然而，俗語說：「囝是𣍐使偷生得」這句話，卻也在李煙台的身上印證到，無論是孩子的眼神或面貌，簡直是伙伕班長老王的翻版，知道內情的村人早已見怪不怪了。

老王一去多年，並沒有實踐他要儘快回來的諾言，攸關這點，花螺能理解軍人沒有個人自由的苦衷。唯一值得安慰的是兩人經常藉著書信保持聯絡、相互關懷，儘管花螺不識字，但她依然會設法請人代筆回覆，較敏感的事則隻字未提，只默記在各自的心中。

對於父親，煙台完全沒有印象，僅從花螺口中得知自己的父親早就死了，從小到大都是與母親相依為命，並在母親的慈暉下成長、受教育。然而有一天，就讀小學三年級的煙台，突然問母親說：

「阿母，為什麼人家說阿爸是戇牛？」

「戇牛是默默耕耘的意思，」花螺含笑地解釋著，「你阿爸在世時非常勤奮，經常在田裡拚命地工作，從未說苦喊累，就好像是一頭默默耕耘的老牛，所以村人都叫他戇牛。知道嗎？」

孩子點點頭認同母親的說法，父親的勤奮足可作為他的學習榜樣，他將來長大，也要做一頭默默耕耘的戇牛。

「可是阿母，花螺是罵人的話，妳為什麼要名叫花螺？」煙台又不解地問。

「那是你外公隨便取的啦！你看，阿母有沒有花螺？」

「阿母當然沒有花螺，可是這個名字不好聽。」

「你知道外公叫什麼名字嗎？」

「膨豬。」煙台笑著說。

「好聽不好聽？」

「比阿母的花螺好聽。」煙台說後，頓了一下，竟好奇地問：「阿母，我阿爸明明是戇牛，為什麼有人說我阿爸是北貢兵，是伙伕班長？」

花螺心頭一怔，竟無言以對。

煙台睜著一雙大眼睛，等待母親的答覆。

「他們跟你開玩笑啦！可能是你阿爸忠厚又老實，穿著又隨便，塊頭又高大，看起來有點像北貢兵裡的『伙頭軍』，人家才會開玩笑說你阿爸是北貢兵，是伙伕班長。」花螺趕緊解釋著說。

「其實做伙伕班長也不錯，有饅頭和鍋巴可吃。」煙台天真也說。

「我們家護龍以前就是軍隊的伙伕間，有一位叫老王的伙伕班長對我們很好，阿母每天去提餿水時，他就把剩餘的饅頭或飯菜送給我們吃。」花螺逮到機會，順便告訴他說。

「阿母，您說的那個老王還在嗎？」

「老王調回台灣已經好幾年了。」

「兵仔饅頭和兵仔飯，一定很好吃。」

「當年的生活相當清苦，兵仔的剩飯剩菜比起我們吃地瓜配豆豉強上數百倍。現在軍隊已搬到山上去住了，我們的生活環境也有重大的改善，他們的剩飯剩菜再也沒人想吃了。」

「阿母，如果現在有兵仔饅頭，我還真想吃呢。」煙台說後，嚥了一下唾沫。

「如果有一天老王回金門來，再叫他做給你吃吧。」花螺苦澀地搖搖頭笑笑，但也提醒自己，不能告訴孩子太多，因為時機未到。而不知是誰那麼「歹心肝」，竟然告訴孩子說，他阿爸是北貢兵、是伙伕班長，難道想在孩子的面前破壞她這個母親的形象？不知此人安的是什麼心。即使他所言不虛，但為顧及孩子幼小心靈與自尊，她必須暫時把祕密隱藏在自己心中，一切等孩子長大再說吧。

為免愈描愈黑把事態擴大，讓孩子留下不好的印象，因此，她並不想去追究，也不想詢問孩子是誰說的，就把它當成耳邊風。但願挑撥是非的那位仁人君子或是婆婆媽媽，能行行好，寬恕她、放過她，讓孩子有一個快樂的童年，讓孩子在純樸的環境中自然地成長，好讓她們母子能在這個紛紛擾擾的社會，過一段平淡無奇的美好時光，它似乎也是花螺內心最誠摯的希望。

9

老王從馬祖調回台灣後就屆齡退伍了，可是他並沒有接受退輔會就業或就養的安排，台灣也沒有值得他留戀的地方，在反攻大陸回老家無望時，一心一意只想回到這塊他曾經留情又播種的土地。當他把這個決定寫信告訴花螺時，簡直讓她喜出望外，多年的盼望，終於美夢成真，教她不興奮也難啊！儘管老王已年老，然而一旦兩人生活在一起，依然可彌補她這些年來內心的空虛。即使不能激出青春時期的火花，但能有一個相互扶持、相互照顧的終身伴侶，同心協力把孩子教育成人，此生還有什麼好遺憾的。

經過種種手續與層層關卡的折騰，終於拿到警總核發的金馬地區入境證，並打聽好到金門的航次。於是老王把所有的行李打包綑緊，大件的用扁擔挑，小件的用手提，搭乘軍艦，歷經二十餘個小時的海上顛簸，懷著極端興奮的心情抵達這座純樸的島嶼，回到他曾經駐紮兩年的小農村。

「小阿嫂，我回來了！」老王腳剛踏入花螺家的大門，就迫不及待地喊著。

「班長……。」花螺見到他，竟激動得說不出話來。

兩人四目相望，眼眶泛紅，老王臉上滿佈滄桑，背亦有點駝，已沒有當年駐守時那種雄姿英發的氣息。果真歲月不饒人啊！此時重返舊地，已是被國家除役的退伍士官，怎麼會不老。倘若是在老家，或許早已是好幾個孫子的阿公了。而現下回到這裡，他必須把所有的希望都寄託在煙台身上。孩子雖是他的親骨肉，但名份上卻是李家的子嗣，若要孩子認他這個父親，除了要善盡為人父者之責外，或許還要經過一段時間的相處和磨合，並以父愛融入這個既親切又陌生的家庭，始能化解兩代之間的代溝，以及得到孩子的認同。

「煙台呢？」老王關心地問。

「孩子上學去了，」花螺深情地看著他，「過一會就放學了。」

「這些年來，妳和孩子都好吧？」老王以一對無神的眼光凝視著她，內心不禁感嘆，歲月何曾饒過這個苦命的女人啊！臉上的皺紋，頂上的雪霜，昔日的光彩已不復見。一個退伍老兵，一個苦命的女人，當他們久別重逢時，再也激不起一絲熾熱的火花，隱藏在他們心中的，或許是難以言喻的愛和包容。

「只能說一天過一天吧！」花螺內心有無限的感慨，「為了孩子，為了等你回來，再苦的日子也要撐著。」

「小阿嫂，我很高興回到這個家，卻也有點擔心……。」老王尚未說完。

「擔心什麼？」花螺急促地搶著問。

「孩子不知能不能接受我。」

「可能還要經過一段時間吧。」

「村子裡的人呢？」

「難道你沒看見，從你進屋後，已經有好些異樣的眼光對著你。但也有很多人知道你經常寄信寄錢回來，說你有情有義。」花螺想了一下又說：「既然回來了，就必須坦然面對，其他的事慢慢再說，慢慢來調適吧。」

老王微微地點點頭，突然問：「以前我住的那間房子，現在還空著吧？」

「你是說當年給你們做廚房的那間護龍厝？」花螺問。

「是啊。」

「新部隊和你們換防後不久，全都搬到山上去住了。房子淨空後，我就把一些農具放在裡面。」花螺說。

「那正好，」老王嘴角掠過一絲微笑，「我可以住在那裡。」

「接到你要回來的信，我已經把以前戇牛住的那個小房間打掃乾淨了，為什麼要住那間破房子？」花螺不解地問。

「小阿嫂，我們不僅是真心相待，也有一個孩子，可說是名符其實的夫妻，可是名份上畢竟不是。有很多事情並不如我們想像的那麼單純，別忘了這裡是一個傳統保守的小村莊，人言可畏啊！我能回到這裡已經很高興了，怎麼能再給妳添麻煩，替妳製造困擾。等有一天，我們若獲得孩子的認同和村人的祝福，而成為名正言順的夫妻時，再住在一起吧！」老王有所顧慮地說。

「班長，你的顧慮並非沒有道理，我會尊重你的想法，但別忘了，往後我們必須相互扶持和依靠，共同把孩子拉拔長大。」花螺誠摯而認真地說。

「我們相識那麼多年了，即使相處的時間不多，但我以誠相待的心並沒有改變。今天我捨棄退輔會就業就養的安排願意回到這裡，除了實踐我對妳的承諾外，也必須替我當年的行為負責。小阿嫂，我不會辜負妳的，讓妳和孩子有一個幸福美滿的家庭，是我義無反顧的責任。」

「班長，你是知道的，雖然我名叫花螺，但並不是老一輩罵人的那種花螺。我當年之於會和你做那種事，實在有太多太多的無奈，只因為我是人而不是神，心靈之空虛就猶如你寂寞的軍旅生活一樣。或許我們兩人都不夠理智，才會接二連三地發生那種事。但我知道你是一個勇於負責的好男人，況且，戇牛已經死了，我們內心的自責相對地也會減輕，往後這個家就由我們共同來支撐吧！」

「小阿嫂，我知道妳是一個好女人，想當年我調回台灣時妳還年輕，如果不安份，早就帶著孩子跟人跑了。今天我們還能夠珍惜當年那份情緣，不得不歸功於老天對我們的厚愛。小阿嫂，相信我，我老王今天回來了，就不會再離開妳們母子一步。」老王極其感性地說。

「班長，有生之年我也會義不容辭地服侍你一輩子。」花螺承諾著說。

他們說著說著，孩子放學回來了。

「煙台，快來，」花螺趕緊拉著孩子來到老王身旁，「他就是以前住在我們家護龍的伙伕班長老王。以後要叫他王伯伯，知道嗎？」

孩子睜大眼睛，不好意思地看著他，但還是低聲地叫了一聲：「王伯伯。」

老王喜悅的形色溢於言表，雙手一張開，一把把他抱起來，仔仔細細地打量了他一番，而後興奮地說：「你就是煙台、你就是煙台，長這麼高了、長這麼高了！」

孩子並沒有被他的舉動嚇到，反而雙手緊抱他的頸部，果真是父子情深？還是童心未泯？看在花螺眼裡，心中非僅有無限的感慨，卻也有萬般的喜悅在心頭。

「王伯伯，我很想吃兵仔饅頭，你什麼時候做給我吃？」孩子嘟著小嘴，靠在他的耳旁天真無邪地說。

「煙台乖，」老王輕輕地把他放下，「伯伯安頓後明天就上街買麵粉，煙台很快就可以吃到饅頭了。」

「真的？」孩子興奮地說。

「當然！」老王打包票。

喜悅的笑聲盈滿著原本冷清的大廳，幸福的笑靨在花螺多皺的臉上久久地停留，這是一個多麼美好的時光啊，他們衷心地期待著，一個美滿家庭的來臨……。

10

老王回到這座島嶼並非養老，而是實踐他對花螺的承諾。他花了好幾天工夫，把花螺家凌亂不堪的護龍厝重新打掃整理一番。並把花螺原先擺放在裡面的農具、傢俱，或大缸、小罈……等器具一一擦拭乾淨、排列整齊，就好像是軍管時期，村公所夥同軍方要來檢查環境衛生一樣。除了讓人有耳目一新之感，被貼上「最清潔」的標籤，亦是一種榮譽的象徵。

房子整理後，他把戇牛生前睡過的床鋪，搬到護龍厝那間他曾經住過的小屋子裡，並把帶回來的行李一併整理妥當，獨自一人住在裡面。若依常理而言，既然和花螺兩情相悅又生了孩子，現下跟她同住、同睡又有什麼不可以？

況且戇牛已逝世多年，花螺空虛的心靈更需要有人來陪伴、來撫慰。而誰能與她共枕同眠呢？在她心目中，老王絕對是不二人選。然而，並非老王嫌棄她，不想和她同住、同睡，而是有他自己的想法，花螺除了尊重外，也不敢有非分之要求。只因為他們熾熱的青春火焰，已隨著年華的老去而冷卻，此時他們所希冀的，或許是相互扶持和關照，以及把孩子撫養長大，其他對他們來說，似乎已沒有實質上的意義了。

不可否認地，一個被國家除役的退伍老兵，確實已沒有太大的力氣來從事笨重的工作，但老王的勤快是許多同齡老人不能與其相媲美的。儘管退伍時領了一筆退伍金，再加上軍旅期間存下來的一點錢，他全把它存在銀行的戶頭裡。雖然利息不多，但若省吃儉用，再隨便找點事做做，求個溫飽度餘生，絕對不成問題。然而，他既然不接受退輔會就業與就養的安排，回到這裡與花螺母子相依為命，就必須為這個家庭奉獻。他不忍心看到花螺成天汗流浹背地在田裡耕作，即便老家種的大部份都是小麥、高粱和玉米，而這裡則是地瓜、芋頭和花生較多，耕作的方式亦有所不同。但是，他始終認為事在人為，除了反攻大陸回老家不可能外，在耕作方面，只要自己有信心而且認真學習，哪怕是最難學的犁田，他也要克服困難，設法把它學會。

終究，皇天不負苦心人，即便老王年歲已半百有餘，但憑著他自己的毅力，幾個月下來已學會農耕最難學的犁田。然而犁田並非只是單純的來來回回，除了鬆土以防田裡雜草叢生的「犁草田」外，其他無論是地瓜、芋頭或花生，所犁的方式幾乎都不一樣。老王學會了耕種的本事，便分擔花螺田裡的大部分工作，回到家裡又憑著當兵時的炊事專長，做飯炒菜樣樣來，既是專業農夫又是稱職的煮夫，村人看到這幕情景莫不讚賞有加，婦女們更是羨慕不已。她們再怎麼想也想不到，這個北仔伙伕班長竟比土生土長的在地人還要「揹力」，還要「捌世事」。村人都說：「花螺福氣啦！」而這個所謂的福氣，不知是得到阿嬤和戇牛在天堂的「保庇」？還是蒙受老天爺的憐憫和施與？抑或是花螺前世今生修來的福份？然而，這些都是不實際的臆測，所謂好心有好報則是不容置疑的事實。

煙台不僅乖巧也聰穎，在校成績更是名列前茅。然而就在他初中即將畢業時，卻誤交損友，放學不準時回家，假日在外頭晃蕩，根本無心於課業。甚至經常向老王伸手要錢，性情亦有重大的改變。儘管孩子是老王的親骨肉，但名份上則是戇牛的孩子，老王基於種種因素的考量，只能以柔性的方式來勸導，未曾對他說過重話。可是，正處於青少年叛逆時期的煙台，有他自己的一套想法，以及一些讓人不敢恭維的大道理，何能聽進長輩對他的規勸。一旦不中聽，頂起嘴來，簡直比勸說他的父母還大聲。如此之行為，看在花螺眼裡，的確不知如何是好，而老王又能奈何？

「煙台啊，不久就要高中職聯考了，你要多加油啊！」有一天，老王關心地說。

「你顧好你自己就好！明天多做幾個包子，讓我帶到學校請同學吃最要緊，其他不要你來操心啦！」煙台不屑地說：「反正大考大玩，小考小玩，同學都說青春不要留白啊，像你們成天拚老命地在田裡工作，累死了活該！」

「煙台，話可不能這麼說，我是希望你好啊！」老王陪著笑臉。

「你們這些老北貢，一天到晚沒事幹，就喜歡囉哩囉唆的！」煙台竟教訓起老王來。

「煙台，你怎麼可以對王伯伯說這種話！」花螺看不過去，出聲阻止。

「我是實話實說啊！」煙台瞪了他一眼，而後對著花螺說：「他只不過是一個過去的伙伕班長，又不是我爸爸，一天到晚囉哩囉唆的，幹什麼呀？煩不煩人啊！」說後轉身就走。

花螺和老王同時愣住，怎麼會養出這種兒子。

「班長，請你原諒，我沒有把小孩教好。」花螺傷心地對老王說。

「不，小阿嫂，這種事不能怪妳。其實孩子的本質不錯，像煙台這種年紀，正是所謂青少年的叛逆時期，多關心他，多開導他，只要過了這段時間，就會改變的。」老王開導她說。

「孩子用這種口氣對待你，我實在感到抱歉。」花螺歉疚地，「我真想現在就告訴他，你就是他的父親。」

「不、不，萬萬不可，」老王猛力地搖著手說，「如果妳現在貿然地告訴他這件事，他絕對會排斥，絕對不能接受！」

「那我現在該怎麼辦？」花螺無奈地問。

「只能以愛的教育來感化他、來開導他。但並不是一天兩天即可達到效果的，妳必須要有心理上的準備。」

「我這個沒有讀過書的『青暝牛』，哪懂得什麼叫愛的教育。」

「不打不罵，多關心、多開導，凡事訴諸於情理，經過一段時間後，相信頑石也能點頭。」

然而，真的是這樣嗎？真的如老王想像的那麼簡單嗎？煙台不僅沒有變好，反而變本加厲，除了滿口謊言外，還會偷竊。花螺放在抽屜裡的零錢不見了，老王皮夾裡的鈔票也短少了好幾張，而且已不是第一次了，兩人心中都同時感到納悶。

「我們家從來沒有丟過東西啊，怎麼會這樣？」花螺沉思了一會，突然說：「你想想看，是不是煙台那孩子拿的？」

「沒有當場捉到，千萬不要隨便誣賴他。」

「這個孩子愈來愈不像樣了，不好好管管他也不行。」花螺語重心長地說。

老王神情凝重，沒有表示意見。

「俗話說，玉不琢不成器，細漢偷挽瓠，大漢會偷牽牛。」花螺又說。

「不會那麼嚴重啦。」老王淡淡地說。

「你在軍中帶過兵，懂得一些管教的方法，孩子應該由你來管管。」花螺懇求著說。

「孩子雖是我的骨肉，卻是李家的子嗣，小阿嫂，我現在沒有立場啊！」老王無奈地說。

「難道你不覺得顧慮太多，會害了孩子一生嗎？」

老王看看她，面無表情地沉思著。

「如果讓他繼續沉淪下去，這個孩子還有什麼指望。」花螺神情嚴肅地說。

「唉……。」老王搖搖頭，微微地嘆一口氣。孩子既然是他的骨肉，必須擔負起教導的義務，這也是為人父者的責任，他豈能逃避、豈能不管。只是惟恐處於叛逆期的孩子，是否能接受他這個王伯伯的管教。

一個假日的午後，老王正躺在床上歇息，雖然他的眼睛微閉，卻沒有睡熟，對於裡裡外外的動靜，則是一清二楚。突然間，一個熟悉的身影在他房裡晃動，不一會，竟停留在他懸掛衣服的衣架前，伸手從他的上衣口袋拿出皮夾，悄悄地抽出兩張十元鈔票塞進自己的口袋，正想轉身走，只見老王翻身坐起，高聲地怒斥：

「煙台，你幹什麼？」說後隨即站起。

「沒有啊。」他兩手一攤，故作鎮定。

「還說沒有？趕快把你口袋裡的錢拿出來！」老王指著他，高聲地說。

「拿你二十塊，有什麼大不了！」煙台不在乎地說。

「你要用錢應該告訴我呀，怎麼可以用偷的。」

「光天化日之下，光明正大走進來，能算偷嗎？」煙台強辯著。

「小小的年紀不學好，還強辯！」老王憤怒地說。

「老實告訴你啦，你我非親非故，輪不到你這個老北貢來教訓！」煙台狠狠地瞪了他一眼，不屑地說。

花螺聞聲怒氣沖沖地走進來，一見到煙台，二話不說就是給他一個清脆的巴掌。

「夭壽死囝仔，你說什麼？你說什麼？怎麼可以對你王伯伯說這種話！」

「妳打我？」煙台摸了一下臉龐，「妳打妳自己親生的兒子，卻去袒護一個非親非故的老北貢，難怪外面有人說……。」煙台尚未說完。

「說什麼？說什麼？」花螺急促地搶著問。

「我不好意思說啦，」煙台以一對輕視的眼光看著她，「說出來會笑死人。」

「你說啊、你說啊，好膽你說啊！我沒有在怕啦！」花螺怒激他說。

「人家說妳討伙伕班長，不知是真還是假，說來真見笑喔！」煙台說後，一聲哈哈的冷笑。

花螺聽後，實在難以忍受孩子對她的羞辱，又重重地搧了他一巴掌。想不到這個夭壽死囝仔，小小的年紀竟變得那麼「毋是款」，如果不好好「教示、教示」，將來一定會爬到她的頭上來。

當她準備再揮手打下去時，老王趕緊走過來，一把把煙台拉開，並指著他說：

「煙台，你不能這樣對你母親說話，那是非常不禮貌的行為。你母親辛辛苦苦把你養大，要懂得感恩圖報，不能這樣對待她呀！」

「不要跟我說這些大道理，你不就是人家說的那個伙伕班長嗎？我好好的家就是被你這個老北貢給破壞掉的！讓我忠厚老實的阿爸戴上綠帽子，讓我在同學面前抬不起頭來！你這個破壞人家家庭的老北貢，到底有沒有良心啊？」煙台反過頭來指責他說。

「不是這樣、不是這樣……。」老王尚未說完。

「不是這樣，又是那樣？花螺討伙伕班長是人家亂說的嗎？老實告訴你，我阿爸就是被你們活活氣死的！外面人人都知道，只有你們自己不知道！」

「你這個夭壽死囝仔，愈說愈離譜！」花螺氣憤地衝了過去，出手又是一巴掌，「今天非打死你不可，夭壽死囝仔，欠教示！欠教示！」花螺又連續在他肩上搥打了好幾下，「我倒要看看你這個欠教示的了尾仔囝有多孌皮！」

「好了、好了，別打了，別再打了。」老王又一次充當和事佬，輕輕地把花螺拉開，然後搖搖頭，不捨地說：「看妳氣成這樣子，何苦呢？」

花螺停下手，氣呼呼地說不出話來。而煙台卻握緊拳，歪著頭，咬牙切齒，不斷地深呼吸，並斜眼死命地瞪著花螺，彷彿他們之間有什麼深仇大恨似的。此情此景，看在養育他長大的花螺眼裡，實在痛心疾首。於是一滴滴傷心的淚水，就像斷了線的珍珠，一顆顆滾落在胸前的衣服上。

花螺苦澀地搖搖頭，內心有無限的感嘆，煙台會變成這樣，是她始料未及的。此時，是否應該告訴他，老王就是他的親生父親，以免讓他繼續誤解下去。如果能以此來說服他，未來對他們父子都是好的。可是繼而一想，孩子心目中的父親是戇牛，母親則是一個不守婦道，討伙伕班長的壞女人，父親又是被他們活活氣死的，他內心的憤恨可想而知。現下，無論用什麼冠冕堂皇的話，勢必也難以被他接受，遑論想讓他心服口服。尤其此時正與父母處在對立的節骨眼上，即使花費再多的口舌向他解釋，他也不會相信。或許，外面的讒言遠勝父母的真心話，花螺內心有無限的悲哀和苦楚，淚水早已沾濕了衣裳。

11

自從與花螺和老王爭執後，煙台就鮮少與他們說話，甚至個性變得孤僻、彆扭，花螺擔心將來不知是否會和戇牛一樣。但仔細地一想，他和戇牛並沒有血緣關係，不可能遺傳自戇牛，況且孩子自小聰穎，長大後才「變款」，和戇牛那種「戇」是不盡相同的，因此，她自我感到安慰。

煙台初中勉強畢業，高中落榜已是預料中的事。即使花螺和老王不斷地開導和勸說，希望他能在家溫習功課，明年重考。然而，他非僅聽不進去，還嫌他們囉嗦。於是在外晃蕩了一段時間後，竟和幾位臭味相投的同學，結伴投考士校到台灣當兵。儘管花螺想阻擋，但他卻已捷足先登，而讓花螺和老王感到錯愕和不可思議的是，煙台從未寫過隻字片語回家，彷彿是一隻斷線的風箏，在無垠的天際，消失得無影無蹤。面對如此的情景，花螺每天以淚洗臉，精神幾乎要崩潰，幸好有老王貼心的安撫，才讓她的情緒稍為緩和。

「班長，我沒有教好這個孩子，不僅對你感到抱歉，也辜負你一片苦心。」花螺紅著眼眶說。

「小阿嫂，妳千萬不要自責，能把煙台養這麼大，已經不簡單了。說一句庸俗的話，可說功勞苦勞都有了。孩子的個性實在太倔強了，又誤交損友，才會造成今天這種局面。我實在想不透，這個孩子怎麼會變成這副德性。」老王無奈地，卻也有另外一種想法，「其實去當兵比在家閒晃還要好，既然我們管不了他，就讓他到軍中去磨練磨練吧！」

「當兵不是很苦嗎？」花螺有些不捨。

「不錯，軍隊確實是一個命令一個動作，講的是嚴守紀律和服從命令，由不得你在裡面調皮搗蛋、胡作非為。但是，它卻也因此能改變一個人，多少人接受它的洗禮而成為國家的棟樑、社會的菁英，可說是培育人才的大搖籃。」老王以過來人的身分說。

「但願孩子在軍中能徹底地改頭換面，將來成為一塊有用之材，才不會辜負我們養育他的一番苦心。只是不知道他現在在哪裡，我實在很擔心他的安危啊！」花螺憂慮地說。

「妳放心，跑不掉的。」老王安慰她說：「我有一位同鄉在陸總部服務，我會寫信請他代為查詢。而且他們那一批不是去了好幾人嗎？我們可以先去問問他們的家長，該不會也失聯吧！」

「你看，我怎麼沒有想到這點。」花螺露出一絲笑意。

經過四處打聽，終於得到煙台在軍中平安的消息。老王在陸總部服務的同鄉已官拜上校，並應允會妥善照顧，即使他鬧彆扭不願與家裡聯絡，只要他平安無事就好，天下父母心啊，為人父母者豈會與他計較。逐漸地，花螺的臉上有了笑意，老王依舊在田裡默默地耕耘，他們到底是為誰辛苦為誰忙？或許，只有一個心願，那便是冀望孩子早日歸來，所有的田園和厝宅，勢將代代相傳、歸他所有。然而，孩子是否會領情呢？卻也不盡然，年輕人有他們自己的想法，一旦他們在外成家立業，一旦兩老回歸塵土，故鄉的田園和厝宅，勢必會任由它荒廢。屆時，李家王府的香煙該由誰來延續？當花螺和老王同時想起這件事時，內心的無奈和感嘆，實在是「無人知」。

而出乎他們意料之外的是，煙台竟於春節前夕，從台灣回來休假。爾時的毛頭小子，現在已是英挺的陸軍步兵下士，當他穿著軍裝神采奕奕地出現在花螺和老王面前時，簡直讓他們認不出來。然而，即使孩子已長大成人，也受過軍事教育的陶冶，可是之前不愉快的事件，依然在他心裡難以釋懷。

若依常情而言，無論成人或小孩，倘若因某些事故遭受父母的責罵，或有什麼不愉快的爭執，一旦歷經時間的沉澱，也就自然地冰釋。而儘管煙台為老王帶回一條「雙喜」香煙，也為花螺買了一瓶「雪花膏」，但卻未曾叫一聲「阿母」或「王伯伯」，遑論與他們話家常，其冷淡的態度教人心寒，記恨如仇的心態，更非為人子女者所該有的。老王眼見自己的親生骨肉，在短短的幾年間竟變成這副德性，既不能打又不能罵，說又說不聽，勸又勸不動，的確有一種無形的挫折感，可是又能奈何呢？或許，只有搖頭感嘆的份了。想當年在軍中，再調皮搗蛋的士兵，對他這個班長非僅不敢放肆，甚至還畢恭畢敬。而面對這個毛頭小子，雖然愛之深，但卻不敢責之切，這是他意想不到的。

煙台到底怎麼啦？或許是犯了沖，花螺在無計可施下，只好帶著香燭紙錢到廟宇和神壇燒香拜拜求助於神明。即便神明有求必應，賜予靈符兩張，一張要她張貼於大廳的神龕上，另一張燒成符水讓他喝。花螺回到家，除了趕緊貼上靈符外，也趁著煙台不注意時，把另一張燒成灰燼，並悄悄地把它混合在芋頭稀飯裡，復又灑了一些「蔥頭油」在上面，讓它混淆不清，以免被他發現而排斥。

可是事與願違，不知是緊張過度，還是碗外沾到油漬而滑溜，當她從廚房端出來時，走了幾步手一滑，整碗芋頭稀飯竟摔落在地上。只聽鏗鏘一聲，瓷碗破成碎片，滲著符水的芋頭稀飯濺了一地，花螺俯下身，望著地上的碎片出神，她不認為是自己不小心，而是歸咎於神龕裡的祖先在「點醒」、在「討食」、在「創治」，要不，怎麼會無端地摔破碗，而且，碗裡還有靈符。花螺趕緊走到大廳的神龕前，雙手合十，低聲地唸著：「龕內的祖公祖嬤，恁千千萬萬著保庇，保庇阮一家大小平安順續，叫煙台著聽父母的話，毋通予父母氣歹心命。祖公祖嬤，恁千萬著保庇，年兜我會買大魚大肉，辦較鬧熱的來祭拜恁。」

然而，神龕裡李家的列祖列宗會接受她的祈求嗎？因為煙台與李家一點血緣關係也沒有，如果說有，或許只能說是李家媳婦討伙伕班長所生。即使戇牛的神主牌寫著孝男李煙台，但無論他生前有多麼地「戇」，也不容許自己的老婆去討伙伕班長，生子來作為他的孝男。今天煙台之於會對花螺和老王不敬，難道是戇牛心有不甘在黃泉下顯靈報復？還是李家祖先對不守婦道的花螺的另一種懲罰？不管基於何種原因，煙台「變款」已是千真萬確的事實。而他對這個家感到失望的最大理由，或許是讓他抬不起頭來的花螺討伙伕班長的醜聞。這則醜聞不僅讓他顏面無光，也同時傷了他的自尊心。所謂無風不起浪，如果沒有這種事，豈會空穴來風？外頭也不會傳得沸沸騰騰。

即便老王是他的親生父親，自己又是花螺懷胎十月所生，但對於他們的作法卻無法認同。因為他身分證父親欄裡記載的是李大條，當李大條尚在世時，他們怎麼可以做出那種天理難容的勾當。因此，當他聽到自己是花螺討伙伕班長所生的傳聞時，簡直難以接受，甚至恨透了他們兩人，這也是他選擇離開這座島嶼，與不願寫信回家的最大理由，怎能怪他。

此次回來休假，純粹是受到長官的壓力，因為有人向上級單位反映，說他從未寫信回家，亦未曾利用假期回家探親，置至親於不顧，不是一位革命軍人應有的態度，故而強迫他回家休年假，他才勉強踏上歸途。然而，回來歸來，之前和家人所衍生的心結並未解開，心中更是難以釋懷，因而，和他們並沒有什麼話好說的，年後第一班船他一定走，什麼時候再回來則是未知數。一個堂堂正正的革命軍人，豈能忍受自己是母親討人所生。雖然離開這片生長的土地有點不捨，但如果沒有離開，這道陰影將如影隨形，永遠存在他心靈的最深處，何能抬頭挺胸在社會上立足！或許，不明就裡的人會認為他不孝，可是，又有誰能真正瞭解他心中的痛楚……。

除夕那天，花螺準備了好多菜色，經過老王巧手的烹飪，可說色香味俱全，煙台強忍著內心的不悅，依然協助花螺一碗一盤地端到大廳的供桌上祭拜祖先。當他無意中看到神龕裡戇牛的神主牌時，孝男李煙台奉祀這幾個字，非僅讓他感到心酸更是刺眼，一份同情之心油然而生，即便他不是自己的生父，卻也因為他的憨厚而戴上綠帽子。無論他們的理由有多麼地充分，在這片純樸的土地上，一旦有如此的勾當，就是違背傳統的倫理道德，必須受到譴責。他寧願是戇牛的兒子，也不願被歸類為花螺討伙伕班長所生。煙台想著想著，雙眼瞪著戇牛的神主牌，情不自禁地喃喃自語：「阿爸，你放心，我永永遠遠都是李家的子嗣，更是你李大條的兒子，即便遺傳自你戇牛的憨厚，也比母親討伙伕班長所生感到驕傲、感到光榮！那些對不起你的人讓我感到不屑！」

花螺目睹孩子那副冷漠的樣子，除了痛心和求神問卦祈求神明的指點外，也始終找不到應對的方法。於是她再次地和老王商量。

「班長，我們應該趁著吃年夜飯時，把事實的真相原原本本地告訴他。倘若他只聽信外頭的胡言亂語，不分青紅皂白處處和父母作對，又不聽我們的解釋，真是白養了他一場。」花螺神情黯然地說。

「他這次回來，並非出自他的自願，而是我寫信請陸總部的同鄉特別關照，也施予一點壓力，才不得不回來。我的用意除了想讓妳們母子見見面、話家常，也希望能把之前不愉快的事儘快地冰釋，不要一直處在對立的狀態，畢竟母子情深啊！」老王語重心長地說。

「不，我倒希望他能儘快地叫你一聲爸，只因為他是你王家的骨肉。更何況你對他的關照，簡直是無微不至啊！只要他能做到這點，其他我一概吞下，絕不和他計較。」花螺紅著眼眶說。

「原以為孩子的思想會較單純，很快就能接受我這個父親，想不到竟禁不起那些好事之徒的冷嘲熱諷，才會衍生出今天這種局面。小阿嫂，對於當年的行為，我感到抱歉。如果沒有發生那種事，相信妳現在的生活會過得很平靜、很愜意，絕不會像現在有那麼多的困擾。」老王搖搖頭說。

「不，在我的心目中，你沒有錯，當年你並沒有以男人的優勢來脅迫我、強暴我，而是我們兩情相悅、兩相情願。如果現在仔細檢討，錯的是我不守婦道，錯的是我們不該有煙台這個孩子。這幾年來你對這個家庭的犧牲和奉獻有目共睹。原以為煙台這個孩子會體恤你的辛勞，會感受到你給他的父愛，認同我們相互扶持、相互照顧的誠摯心意，長大後好延續李家王府的百年香煙。想不到這個孩子的個性和行為，竟做了一百八十度的重大改變，這是你我都始料未及的事。如果不能說服他，不能得到他的諒解和認同，我們只好認命，就當作沒有生這個孩子，任由他去吧。」花螺內心有無限的感慨。

老王微閉雙眼，不置可否，內心的苦痛則不言可喻。

「我今晚無論如何都要把話說清楚，」花螺狠下心，氣憤而激動地說：「他聽得進去也好，聽不進去也罷，我非得把話說清楚不可，一切由不了他！」

吃年夜飯時，煙台仍然擺著一張冷冷的臭臉，老王打開高粱酒，並倒了三小杯。

「來，煙台，過年嘛，我們喝一杯。」老王把酒遞給他說。

「我不會喝！」煙台隨即把酒遞還給他。口氣非僅不好，態度也不佳。

「難得回來過年，應該高高興興才對嘛。」花螺試圖讓氣氛緩和。

「我有不高興嗎？」煙台反問她。

「沒有不高興最好，不要忘了這是你的家！」花螺不客氣地說。

「家？」煙台不屑地。

「難道不是嗎？」花螺反問他。

「在我不懂事的時候，它的確是一個可愛又溫暖的家，也謝謝妳把我養大。可是當我長大後，當伙伕班長退伍來到這個家，當我聽到外面那些不堪入耳的傳聞時，我對這個家已徹底地感到失望。在我的感受裡，似乎無家比有家好。」煙台說。

「你相信外面的風言風語，而不相信自己的父母是不是？」花螺反問。

「我的父親已經死了，還有誰能讓我相信？」

「我知道你心裡不痛快，但今天我必須坦白告訴你，王伯伯才是你親生父親！」花螺終於鐵下心，據實地說。

「妳的坦白，讓我非常的敬佩；有妳這麼坦白的母親更讓我感到驕傲。但事實勝於雄辯，我是該聽妳的，還是該相信外面的風言風語？」煙台以一對冷峻的眼瞪著她說。

「你是什麼意思？」花蝶一時意會不到。

「妳的坦白，足可證明外面的傳言不虛。雖然，我很感謝你們兩人賜予我生命，但我相當相當的不認同，你們竟在我阿爸戇牛尚在世時，做出那種違背傳統倫理的不倫勾當。你們可知道，那是天理不容啊！」煙台毫不客氣地說。

「我有不得已的苦衷。」花蝶紅了眼眶，自知理虧，低著頭說。

「煙台，我承認我們當年的行為有差池……。」老王想解釋。

「姦淫人家的老婆天理難容啊！不是差池兩字就可掩飾自己的醜陋，或想以此來獲得別人的諒解，好為自己的行為脫罪。」煙台亦毫不客氣地指著他說。

「不要愈說愈離譜！」花蝶憤怒地從椅上站了起來，「沒有我們有你嗎？

你是從天上掉下來的嗎？你可以對自己的親生父親說這種話嗎？你要知道，你體內流的是王伯伯的血液，你是不折不扣的王家子嗣，總有一天你必須跟著王伯伯回去認祖歸宗，戇牛和你一點血緣關係都沒有，你要認清這個事實！」

「我老實告訴你們，我寧願做戇牛的兒子，也不願人家說我是花螺討伙伕班長所生！」煙台高聲地說，絲毫沒替母親留一點顏面。

「你說什麼？你說什麼？」花螺走上前，伸手就是一巴掌，而後氣憤地咒罵著，「夭壽死囝仔，你艙好，你艙好，你真艙好喔！沒有我討伙伕班長，有你嗎？有你嗎？有你這個不孝子嗎？如果你不認自己的父親，不念母子之情，你還配做人嗎？你這個沒有良心的東西，真是白養你了！」

「我的身分證上清清楚楚地記載著，我的父親名叫李大條，他雖然已經死了，但永遠是我最尊敬的父親。既然我已經有了父親，怎麼還能輕率地再去認一個？果真如此的話，不是對我偉大的母親的一種羞辱嗎？」煙台撫撫被打得熾熱的臉頰，激憤地說。

花螺再怎麼想，也想不到煙台會說出這種話，即使氣憤莫名，卻也一時啞口無言。這個夭壽死囝仔真是不可理喻，竟然搬出一大堆歪道理來數落她。今天想得到他的認同已不可能，遑論要他叫老王一聲爸。這個夭壽死囝仔，翅膀長硬了，親生父母也不要了，唯一牢記在他腦海裡的只有花螺討伙伕班長這件事。是誰把他養大的？是誰給他父愛的？是誰替他把屎把尿的？這個夭壽死囝仔已完完全全把它忘記了，只聽信外面的風言風語。而那些喜歡說長道短的不肖之徒，如果能行行好說花螺與伙伕班長相好，不是更文雅嗎？為什麼非得用花螺討伙伕班長這種不入流的字眼，來形容男女間的兩情相悅。或許也因為這個難聽「討」字，才會引起煙台強烈的反感和排斥。放眼古今中外名人，男女間發生這種違背傳統、超乎友誼，卻又私生子女的不倫之事，可說不勝枚舉，世人為什麼獨獨要以高道德標準來看待她這個歹命的查某人。而且不能接受這個事實的竟是自己的兒子李煙台，面對此情此景，她內心的悲哀和苦楚，確乎是無人知啊。

回顧此生，她不欠李家，也不欠戇牛，更不欠煙台這個夭壽死囝仔，唯一虧欠最多的，或許是老王。如果沒有老王留給她的兵仔饅頭和兵仔飯，她何來健康的身體；如果沒有老王取代戇牛在她心中的地位，她便沒有幸福可言；如果沒有老王退伍後回來與她相偎依，她早已成為一個孤單的老人。這個夭壽死囝仔，他能體會做母親的苦衷嗎？叫一聲爸爸有那麼地困難嗎？他一而再再而三地與父母作對，甚至用不當的語言來羞辱自己的母親，這種大逆不道的行為對嗎？如此之種種，的確讓花螺難以接受。早知會有今天，當初理應不該把他生下，以免此時此刻「氣身」又「惱命」。

眼見煙台那種不受管教的乖張行為，若依老王山東人剛直的個性而言，早已把他揍個半死。但是他沒有以暴力相向，自始至終，都是以寬大厚道的心胸來善待他，難道他感受不出來嗎？可是老王如此的作法，非但沒有得到尊重，反而遭受排斥。然若從另一個層面來說，煙台畢竟是他與花螺所生，理應負起管教的責任，當他發覺自己的兒子行為有所偏差時，更應嚴加督促和導正，如此，才是為人父者應有的作為。儘管老王有自己的一套想法，但就外人看來則是放任不加約束，難道他年歲已大，腦亦已昏聵，不記得姑息養奸這個簡單的道理了，任由煙台這個了尾仔囝為所欲為？

「好了、好了，彼此少說兩句，快坐下來吃飯，待會兒菜都冷了。」老王試圖打圓場。

煙台並不領情，狠狠地瞪了花螺一眼，轉身就走。

「夭壽死囝仔，你給我回來！」花螺高聲地怒斥著。

即使花螺高聲地嘶喊著，然而如果煙台肯聽她的話，母子之間也不會起那麼大的爭執。因此，他自管走自己的，非僅不理會花螺，甚至頭也不回繼續往前走。

「好，有骨氣，有骨氣！好膽你不要回來，不要回來！永遠不要回來，不要回來！」花螺歇斯底里地咆哮著，面對煙台消失在漆黑的夜裡，竟傷心地嚎啕大哭。

「這個年怎麼過成這樣子。」老王搖搖頭，喃喃自語地，內心有無限的感嘆。他緩緩地走到花螺面前，輕輕拍拍她的肩膀，深情地說：「孩子不懂事，不要和他計較。」

「班長，」花螺激動地伏在他的胸前，淚流滿面地說：「是不是之前我們做錯了事，現在得到報應，受到老天的懲罰？要不，怎麼會生出這種大逆不道的孩子！」

「小阿嫂，不要想那麼多，未來，我們還有一段路要走呢，保重身體要緊。相信孩子過一段時間就會改變的。」老王安慰她說。

「班長，我歹命啊……。」悲傷的淚水已盈滿花螺的眼眶。

「別傷心，小阿嫂，天底下沒有絕對的好命或歹命，人生不如意的事十有八九，但它畢竟會過去的。既然孩子不認同我們所作所為，必定有他自己的想法，儘管他是我們的親生骨肉，但凡事則不能強求。尤其孩子年少輕狂，自尊心又強，豈能接受自己是母親討人所生的事實。坦白說，這幾年來，我們在村子裡做了許多不欲人知的善事，也幫助了很多人，可是鮮少有人會記在心頭。而唯一做錯的那件事，則永永遠遠牢牢地記在人家的腦海裡，成了他們茶餘飯後談論的話題和取笑的對象，甚至會加油添醋，一代一代地傳述下去。這不僅是我們的悲哀，也是一種無奈，難怪孩子不能接受。」老王嚴肅地分析著說。

「嘴巴生在人家的身上，人家愛怎麼說隨他便，我們無權干涉。可是我們的孩子，豈可與他們一般見識，而且態度愈來愈傲慢，簡直沒有把父母看在眼裡！班長，你說我怎能不傷心？」花螺委屈地又說：「其實你早該好好管管他了。」

「說老實話，要打要罵我比妳還行，但我非僅不能那麼做，也一直忍著北方人剛強的性情。不錯，孩子是我們的骨肉，那是千真萬確的事，可是名份上，他卻是李家的子嗣、戇牛的兒子。而我只不過是一個寄居在這個村落的退伍老兵，又有什麼立場呢？為了顧及村人對我的觀感，以及孩子身心的發展，的確是難以委曲求全。因此，只能以勸導來代替管教，這似乎也是我愧對妳的地方。現在我們姑且不談其他的，就以這個小子的個性而言，他體內流的，不就是北方人剛直的血液嗎。」老王娓娓地說。

「半夜三更的，我們要到哪裡才能把他找回來！」花螺聽完老王的敘述後，憂慮地說。

「放心吧，他敢於半夜三更跑出去，自有辦法，不是找同學，就是找朋友，處處都是家。唯一遺憾的是，今年這頓年夜飯，吃得較不是滋味罷了……。」老王內心有無限的感慨。

「對不起，班長……。」花蝶歉疚地說。

12

年後第一班船，如果沒有特殊狀況，往往都在年初五啟航。

那天，煙台板著臉孔從友人處回家拿行李，儘管他刻意地不和父母打招呼，但花螺和老王卻同時走近他。

「今天有船啊，」老王關心地問，「幾點報到？」

「六點。」煙台冷冷地說。

「六點還早，」花螺急促地，「我去煮麵線給你吃。」

「不用。」煙台提著行李，轉身就走。

兩人無語地看著煙台走遠，花螺情不自禁地悲從心中來，天下父母心啊！

對父母尚存有芥蒂的李煙台，焉能感受到這句話的真意。花螺討伙伕班長這道無形的陰影，已在他腦裡根深蒂固，身為他們的兒子，確乎是一種莫大的恥辱啊！因此，這個家並不值得他留戀。即使有人說家是人生旅途最安全的港灣、最溫暖的驛站，但他已下定決心，絕對不再回到這座島嶼，受那些好事之徒的嘲笑和奚落……。

自此之後，李煙台又像斷線的風箏，沒有音訊，老王亦已心灰意冷，不再請同鄉予以關照。在他的想法裡，反正身為中華民國的革命軍人，除了反攻大陸外，無論駐守台灣本島或金馬外島，都是自由民主的基地，還有什麼不放心的。說不定這個小子不久就會隨著部隊調回來。尤其在軍中，生活規律，軍紀嚴明，既不愁吃亦不愁穿，每月還有薪餉可領，倘若有重大事故，部隊也會在第一時間通知家屬，他們還有什麼可掛心的呢？或許，所有的顧慮都是多餘而不實際的。

儘管花螺每日以淚洗臉，不能接受孩子杳如黃鶴的殘酷事實，但終究必須面對現實，就如同和戇牛結婚多年，沒有生下一男半女一樣。只要往後能和老王相互扶持、相互照顧，有一個談心的老伴，她此生已無憾，又何須養兒來防老。然而，她還是衷心地企盼，有一天孩子能徹底地省悟，回到他們身邊，心意誠篤地叫她一聲阿母，心甘情願地喚老王一聲阿爸，果真如此，人生對他們來說才有意義啊！可是這個心願，或許只是一個美夢，不知待何年何月何日始能實現……。

經過老王不斷地開導和安撫，花螺壓抑的情緒始慢慢地緩和，就當沒有生這個兒子吧！或乾脆說把兒子交給了國家。村人知道她與兒子之間發生了一點摩擦，也就不敢當著她的面提起這件事，但背地裡說些什麼，則不得而知。逐漸地，花螺已恢復往日的神采，老王更是百般的呵護，雖然過著一段愜意的時光，但時而仍舊擺不脫花螺討伙伕班長的夢魘，以及孩子音訊全無的內心煎熬。

老王和花螺既然已儼若夫妻，亦有廝守終身的打算，好心的村人建議他們應該去辦理結婚登記，如此將順理成章地成為一對合法的夫妻。屆時，老王不僅可以把煙台收為養子，亦可讓他順理成章地認祖歸宗。假以時日花螺討伙伕班長的夢魘，勢必會幻化成一縷縷繚繞的雲煙，在這個小小的村落消失得無影無蹤。可是一旦如此，是否對得起李家的列祖列宗，而從軍報國的李煙台，在經過時光的沉澱和歲月的淬礪後，是否會重新思考他與老王之間的關係，以及化解他與花螺之間的歧見，還是堅持己見，不認同他是花螺討伙伕班長所生，並以贐牛是他的父親為榮。從種種跡象顯示，要達成共識並非易事。

然而不幸的是，老王在幫花螺種下花生後不久，就經常地咳嗽，甚至還咳出了血絲。儘管花螺多次陪他到衛生院看醫生，又服了止咳藥，依然沒效果。原本身體硬朗的山東漢子，也難敵病魔的折磨，除了腰痠背痛、四肢無力、不斷地咳嗽外，更是食不下嚥，整個人瘦得只剩下皮包骨，看在花螺眼裡，的確有太多太多的不捨。於是她買了當歸、人蔘，殺了自家餵養的雞鴨，燉給老王進補，希望他能早日康復。可是老王一點胃口也沒有，僅只喝了一點湯，每天有氣無力地躺在床上呻吟著，要是有個三長兩短，不知要如何才好，讓花螺感到十分地憂心。

花螺左思右想，正想不出一個所以然時，卻突然想到，可能是老王犯沖，要不，怎麼會這樣。於是她開始四處求神問卦，而此次所到之宮廟，比當年替戇牛求取靈符的廟宇還要多、還要誠心。甚至還請示了城隍公、媽祖婆、關聖帝君、大道公、李王爺、王府千歲……等諸神明，並發願只要老王恢復健康，明年諸神聖誕，一定替祂們懸掛金牌並添緣還願，其慎重與認真的態度，足可看出她對老王的深情。儘管當年的戇牛是她合法的夫婿，亦難以與他相媲美，兩人相較之下，不僅「差真濟」，花螺看人更是「大細目」。而是否也因此讓黃泉下的戇牛不高興，顯靈予以「創治」，讓老王病魔纏身？還是老王「歲壽」已到，十殿閻羅裡的閻王老爺正向他招手？倘若無藥可醫治，諸神不替他「添歲壽」，戇牛又不原諒他，老王勢必等不到反攻大陸回老家，或許將埋骨在異鄉的土地上。

「小—阿—嫂（喀兒、喀兒），我—我（喀兒、喀兒，喀兒、喀兒），不—不—不行—不行了（喀兒、喀兒，喀兒、喀兒、喀兒）……。」那天，老王有氣無力地告訴花螺說，卻又不斷地咳嗽著。

「班長，你不要說這種不吉利的話，神明已派了符令，我已按祂們的指示貼好了，那些折磨你的妖魔鬼怪很快就會被降伏。一旦趕走它們，你的病就會好起來的，不要忘了，田裡的高粱苗正等待著我們去施肥呢。」花螺安撫他說。

「沒──有──用──啦（咯兒、咯兒）！」老王閉著眼，微微地搖搖頭，「我──好──想──見──煙台（咯兒、咯兒）那──那──那小子一面啊（咯兒、咯兒，咯兒、咯兒、咯……）！」老王不停地咳著，也渴望著。

「我已請人寫信央請你在陸總部服務的同鄉，請他設法代為聯絡煙台，並告知你目前的狀況。所謂父子連心啊，希望這孩子能感應到，也希望他能不計前嫌，儘快地回來看你。」花螺不斷地安撫他說。

老王眼睛一眨，兩顆豆大的淚水竟順勢滾落在腮上。

「不要難過，」花螺用手抹去他腮上的淚水，深情地說：「你會好起來的，你會好起來的，一定要有信心，一定要有信心！」

老王搖搖頭，眼睛一眨，又是兩顆淚水滾落在腮旁。

「班長，你不是答應我，要相互扶持、相互照顧一生嗎？我可以沒有煙台這個大逆不道的兒子，但不能沒有你！你知道不知道？」花螺激動地說。

「天—不—從—人願啊（喀兒、喀兒，喀兒）！」老王聲音微弱地說。

「不會的、不會的，你會沒事的！大廳還有一張靈符，我去把它燒成符水給你喝，喝過後就會好起來的。相信城隍公、媽祖婆、關聖帝君、大道公、李王爺、王府千歲等諸神，都會保佑你的！」花螺說後逕自走向大廳。

然而，正當花螺一湯匙一湯匙地把符水餵進老王口中時，只聽老王一陣不尋常的咳嗽聲，隨後竟噴出一口鮮血，濺了花螺一身。

「怎麼會這樣？怎麼會這樣？」花螺趕緊用手抹去老王嘴角上的血液，驚恐地不知所措，而老王吐出那口鮮血後竟不再咳嗽。

「小阿嫂，」老王把手輕輕地放在胸部，「我舒服多了。」

「我知道你會沒事的。」花螺露出淡淡的笑靨，右手輕撫他的胸部。

「小阿嫂，我的存摺和印章就在抽屜裡面，妳趕快全部把它提領出來，改存妳的戶頭。」老王以微弱的聲音囑咐她說。

「班長，你這是幹什麼？」花螺板著臉孔。

「趕快去辦，以免將來麻煩，錢雖不多，對妳來說則不無小補。」老王又一次地叮嚀著，「如果煙台那小子認我這個父親，又對妳這個母親善盡孝道的話，將來一旦他成家，就給他一點。如果罔顧父母養育之恩，卻又妄自尊大，則一毛也不要給。」老王說後，身體己顯現疲弱的狀態，眼睛一閉，又昏睡了過去，而這一睡，竟睡過了頭。一個大半生為國犧牲奉獻的退伍老兵，在等不到反攻大陸的號角響起時，竟從此一睡不醒，必須長眠在異鄉的土地上。這非僅是老王的無奈，更是大時代的悲歌。

花螺面對老王的長逝，其悲傷的程度遠勝阿嬤和戇牛的去世。在她坎坷的人生旅途裡，老王在她心中所佔的位置，可說無人能與其相媲美。而今天老王已離她遠去，去到一個遙遠的天國地府，除了失去一個相互扶持的老伴外，彷彿也失去所有的希望。復加上孩子對她的歧視和杳無音訊，往後的人生歲月，她勢必要過著孤苦零丁的慘澹時光。她情不自禁地感嘆著：這世人哪會赫歹命！

在過度悲傷的情境下，花螺似乎已到了六神無主的地步，幸好村人都主動站出來幫忙，而面對老王的死，再也沒人會想起花螺討伙伕班長那碼子事。倘若說有，幾乎都是肯定老王的為人處事，以及對花螺的情和義。遺憾的是孩子不能隨侍在側，親視含殮。

老王的喪葬費一點也不是問題，唯一希望的是，必須打電報請老王在陸總部服務的老鄉，轉告煙台儘快回來奔喪。可是軍中有它的請（休）假辦法和規定，即使煙台不計前嫌願意回來，但老王在名份上與他非親非故，除非透過關係向他服務的單位加以關說或施壓，否則的話，煙台能以什麼理由請假回來送老王一程呢？況且，每十天才有一班船，萬一趕不上最近的航次，必須往下延，躺在棺木裡的老王能等嗎？經過熟悉軍中事務的副村長加以分析，老王已不可能等兒子回來「包頭白、穿麻衫」替他「舉幡仔」才「出山」。果然不出所料，老王在陸總部服務的同鄉也寫信來解釋，並告訴花螺說，煙台已考取陸軍步兵學校候補軍官班，受完一年半軍事教育後，便是中華民國陸軍步兵少尉軍官。而正在處理老王喪事的花螺，非僅無心分享，也沒有太大的喜悅，對這個不孝子更不敢寄予厚望。就誠如老王生前所說的，把他交給國家吧！

雖然花螺與老王並無正式夫妻名份，但自老王退伍回來後，已儼若一對恩愛的夫妻。更何況她和老王相好，而且還生了兒子已是眾所皆知的事，故此她純粹以未亡人的身分來為老王辦理後事。尤其是老王生前對她百般的照顧和呵護，臨死前又將所有的存款改存在她的名下，讓她無後顧之憂，如此之恩德，她焉有不報之理。於是她為老王選了上等的「大厝」，聘請中西樂隊，吹奏哀樂，辦了一場風風光光的喪禮。雖然沒有兒子「舉幡仔」，沒有媳婦送終，亦沒有女婿來祭拜，但村民莫不扶老攜幼，主動來送老王一程，送殯之隊伍綿延了數百公尺，倘若老王地下有知，也會感到安慰。

不管煙台同不同意，花螺擅自作主，在老王的神主牌上寫著：「孝男煙台奉祀」。即使花螺設想週全，可是老王的神主牌位是不能擺在李家神龕裡的，於是她又在護龍的大廳另設供桌、神龕，讓老王的神主牌位有所歸附。甚至還把老王的遺照放大裝框，懸掛在大廳神龕右上方的牆壁上，每逢初一、十五，並依俗為他焚香膜拜。儘管老王回不了大陸老家而埋骨異鄉，但有花螺這個有情有義的紅粉知己來為他打理一切，不僅可瞑目，亦可含笑九泉了……。

13

老王的死，孩子離家當兵去，都是花螺內心的疼痛。原以為老王能陪伴她終身至到老去，但往往天不從人願，只好認命，要不，又能奈何呢？儘管隨著社會的進步、生活的富裕，花螺既不愁吃亦不愁穿，可是心靈上的空虛是難以用物資來取代的。雖然花螺討伙伕班長的汙點是她此生不易洗刷的過錯，但如果沒有伙伕班長來彌補戇牛的不足，她這輩子不是白活了麼？因此她除了對老王心存感念外，也始終認為自己的犧牲和被人嘲笑都是值得的。唯一遺憾的是，老王退伍回來後，在煙台身上花費不少心血，最後竟聽不到孩子張開金口叫他一聲爸，遑論是回家為他披麻帶孝、送他上山頭。

然而傷心歸傷心，日子總是要過下去的，即使這個家只剩下她一人，依舊有做不完的農事和家事，每天幾乎都在忙碌和疲累中度過每一個日夜晨昏。而每當她進入護龍厝，看到老王的遺照，就彷彿老王還陪伴在她身邊，煙台那個小子的長相，不就是他的翻版嗎？也因此而讓她更加地想念煙台那個孩子。可是，當無知的孩子彼時對她羞辱的情景掠過腦際時，內心的傷痛仍然難以撫平。她不禁搖頭感嘆：「這個夭壽死囝仔，實在真敢死、真可惡！」但天下父母心啊，孩子畢竟是孩子，只要他回來叫她一聲阿母，孰是孰非已不是他們爭論的焦點，她仍然會張開雙臂，緊緊地把他摟進懷裡，然後用她那雙粗糙的手，輕輕地撫撫他的臉，說一聲：「孩子，你可好？阿母好想你喔！」果真如此，所有的誤會或是非對錯，勢將化成繚繞的雲煙，隨風飄到遙遠的天際。接踵而來的，想必就是無可取代的母子親情。但是，世事並非如她想像的那麼簡單，除非孩子已徹底地省悟，並能理解、能體諒父母當年的行為，始有溝通的餘地，否則的話，母子的心結依舊難以解開。

老王「對年」後不久，花螺竟意外地收到一封信，雖然自己不識字，但她還是把它拆開。信封裡除了有一張寫得密密麻麻的信紙外，還有一張煙台穿著軍裝，佩掛少尉軍階的照片。花螺睜大眼睛，雙手顫抖，轉身就往門外跑，上氣不接下氣地跑到村公所。

「副村長、副村長，」花螺急促地把信和照片一起遞給他說：「你快幫我看看，這封信是不是我家煙台寄來的？信裡寫些什麼？快幫我看看，唸給我聽聽。你看，還有一張相片呢！」

「哇，」副村長看過煙台著軍裝、佩軍階的照片時，興奮地說：「恭喜妳啊，花螺，妳家煙台當官了。他不僅是我們村莊的光榮，也是我們這個村子第一個當官的呢！」

「真的啊？」花螺難掩內心的喜悅，「信裡寫些什麼？快唸給我聽聽，快唸給我聽聽。」

副村長把信展開在眼前，復托了一下眼鏡，低聲地唸著：

母親大人膝下：敬稟者

兒離鄉數載，未曾修書請安，敬請大人諒察是幸。

兒經過多年軍事教育薰陶與歷練，無論身心或心智均已成熟，對以前之種種不當行為感到羞愧。尤以口出惡言頂撞大人，更屬大逆不道，祈請母親大人海涵。

兒已於日前受完陸軍步兵學校候補軍官教育，並正式授予步兵少尉軍階，分發部隊擔任排長，謹此稟告大人，並願以此成果，報答母親養育之恩。

兒將有十天榮譽假，預定近日返鄉省親，攸關兒之近況，見面時再一一向大人稟告。肅此　敬頌

福安

兒
煙台　敬叩

當副村長唸完煙台的來信，花螺興奮的情緒久久不能平復，所謂浪子回頭金不換啊！她冀望的就是這一天的到來。可是孩子在信裡，怎麼沒有隻字片語提起老王呢？實在讓她感到詫異。難道他不知道老王已經死了？還是心中尚存著芥蒂不能釋懷？或許，所有的疑問只是她的臆測，既然孩子心智已成熟，亦已徹底地悔悟，勢必更能接受他們當年違背傳統的不當行為。儘管老王聽不到孩子親口叫他一聲爸，但至少，李家和王府後繼都有人了，這也是她最樂意見

到的。

在花螺朝巴夜盼下，煙台終於踏入久違的家門。他魁梧的身軀，俊俏的臉龐，是老王與花螺的綜合體，與李家戇牛是毫不相干的，也印證了「囝是鱠使偷生的」這句俗語。然而，當他踏著輕盈的腳步進入家門時，儘管不停地四處張望叫「阿母、阿母」，但卻找不到花螺。於是他放下行李，快速地跑上山，果然不出所料，花螺正聚精會神地在田裡挖地瓜，並沒有注意到背後有人。

「阿母。」煙台一聲震耳的喊叫。

花螺猛一轉頭，復雙手扶著腿，緩緩地站了起來，興奮地拉著他的手說：

「戇囝，你回來了，你真的回來了！」

「阿母……。」煙台竟伏在她的肩膀，失聲地痛哭著。

「戇囝，回來就好，回來就好。」花螺輕輕地拍拍他的背部。

「阿母，我對不起您！」煙台哽咽著說。

「戇囝，回來就好，回來就好，」花螺依舊拍著他的背，「阿母等這一天，已經等很久了。」

「以前我所作所為，實在太幼稚了。阿母，我對不起您，您一定要原諒我。」煙台祈求著。

「戇囝仔，過去的就讓它過去吧，別忘了母子連心啊，這份親情是沒有什麼可取代的！」花螺用沾著「安薯奶」的粗糙之手，輕輕地幫煙台拭去淚水，而後說：「我們回家吧。」

母子兩人默契十足地，把挖出來的地瓜一一撿起放進籮筐裡，花螺拿著扁擔準備挑起，煙台見狀趕緊上前一步。

「阿母，我來挑。」

「你挑得動嗎？」花螺笑著問。

「阿母，您看，」煙台挺起胸脯，「我已不是以前的軟腳蝦了，如果挑不起這擔地瓜，將來怎能上戰場、殺共匪！」

「說來也是……。」幸福的笑靨，盈滿著花螺的臉龐。

母子倆回到家裡，花螺迫不及待地點燃香燭，她必須先稟告祖龕裡的列祖列宗，雖然她的人格有瑕疵，煙台亦非李家骨肉，但終究是王骨李皮，李家後繼有人已是不爭的事實，李家的香煙亦將連綿不斷地延續下去。可是，為了讓煙台心裡有一個準備，或有一個轉圜的空間，她並不想急著帶孩子到護龍厝去瞻仰老王的遺容。因為還有許許多多不欲人知的事宜，她必須向孩子說清楚。她冀望的是孩子的包容和諒解，而不是憐憫。

煙台回來已有好幾個鐘頭了，儘管和母親重修舊好，母子深情也從他們的談話中表露無疑。可是並沒有在母親面前主動提起老王，讓花螺有點錯愕，不知孩子心想的是什麼？

那晚，花螺殺了一隻自家養的雞，煮了幾道傳統小菜，煙台並沒有坐著等飯吃，除了幫母親點火燒柴外，又幫母親挑了滿滿的一缸水，充分展露出農家子弟勤奮的本色。

「阿母，好久沒有吃過您煮的菜了。」煙台臉上滿布喜悅的形色。

「阿母不懂得變化，煮來煮去都是老一套啦！」花螺謙虛地說，復關心地問：「軍中的伙食怎樣？」

「早上饅頭豆漿，中、晚餐三菜一湯，年節或月底加菜，比起我們農家的伙食，簡直勝過百倍。」煙台得意地握緊拳頭，手臂一彎，「阿母，您看，我的身體就是吃兵仔飯強壯的。」

花螺默不作聲，只淡淡地笑笑，而煙台一句無心的「兵仔飯」，卻勾起她無限的回憶。不錯，煙台吃了兵仔飯讓身體強壯，而當年如果沒有伙伕班長賜予的兵仔飯，她虛弱的身體何能撐到今天。因此，兵仔飯不僅讓她想起從前，更讓她懷念與伙伕班長相處的那段美好時光、幸福歲月。

「阿母，您以前也吃過兵仔飯，對不對？」煙台笑著問。

「雖然是兵仔的剩飯剩菜，但對我們貧窮人家來說則備感珍貴。那時候，也不是家家戶戶都有兵仔飯可吃。」花螺解釋著說。

「那些剩飯剩菜，是王伯伯特地幫妳留的，是不是？」煙台依然笑著。

「他可憐我啊！」花螺輕輕地搖搖頭嚴肅地說，卻也想看看孩子到底是已釋前嫌，還是跟她玩心機。

「阿母，」煙台收起了笑容，極其認真地說：「以前我實在太幼稚了，成天不學好，跟著那些壞朋友在外面鬼混，讓您和王伯伯既傷心又失望。之後又聽人家說您和王伯伯之間的壞話，那時年少輕狂，簡直不能接受。」

「那現在呢？」花螺忐忑不安地，急著問。

「阿母，您先別緊張，」煙台安撫她說：「我這次回來，跟上一次是完完全全不一樣的，多年軍事教育的薰陶和歷練，讓我對這個社會有更深一層的領悟和體會。無論從歷史或社會的層面來看，每個年代都有偉人誕生，相對地，亦有許許多多的悲劇發生。尤其在軍中，親眼目睹那些跟隨國軍撤退到台灣的軍士官，他們少小離家老大卻不能回，甚至有的已埋骨在異鄉，他們的處境確實值得我們同情。當夜深人靜時，王伯伯是第一個在我腦海裡浮現的人，他的際遇和所有撤退到台灣的老兵一樣，有家歸不得是他們此生最大的悲哀，但卻也是一件無可奈何的事。當年王伯伯駐守金門，阿爸已臥病在床，在我們家失去支柱時，他卻適時伸出援手，雖然給我們的是一些剩飯剩菜，但對家中的伙食則有重大的幫助，阿母營養不良的身體也因此獲得改善，才能繼續在田裡工作。」煙台說著說著，含笑地看著花螺，「阿母，我說的對不對？」

「戇囝仔，對、對、對，就是這樣，就是這樣！」花螺激動地說。

「阿母，」煙台繼續說：「人是感情的動物，對不對？王伯伯對您好，您也懷著一顆感恩的心，在日久生情的情境下，才有我的誕生。阿母，是不是這樣？」

「戇囝，你長大了，你真正長大了，阿母的心被你這個戇囝給看穿了！」花螺喜悅的淚水盈滿眼眶，「你還恨阿母不守婦道嗎？」

「阿母，我心中如果有恨的話，今天就不會回來了。」煙台坦然地說。

「那王伯伯呢？」花螺想知道他的看法。

「自從王伯伯退伍來到我們家後，雖然我不知道有父子這層關係，但他對我們家的照顧，以及對我的關愛，確實是沒話可說。尤其是在我那段放蕩的日子中，他除了諄諄教誨外，從沒說過一句重話，更別說是打我。阿母，我真是愧對他了，今天想彌補也來不及了！」

「你明知愧對他，為什麼回來之後，不趕緊向他上香致意呢？」花螺有些許埋怨。

「我知道這是阿母最在意的一點，」煙台故意地，「為什麼您不提醒我呢？」

「我怕你會排斥。」花螺擔心地說。

「坦白說，對於這件事，我內心掙扎了好長的一段時間。我知道您當年嫁給阿爸是一種無奈，而阿爸最後又偏偏是一個臥病失智的老人，才會形成這種三人世界的局面。如果說王伯伯值得我們感恩，而阿爸則是這個世界上最可憐的人。即使他們都已離我們遠去，但如果當年阿母沒有嫁到這個村莊來，就不會和王伯伯衍生出這段感情，當然也就不會生下我。當我的心智成熟後而加以分析時，所得到的結論，那便是世俗所謂的緣分。因此，經過深思熟慮後，我只有認同而沒有排斥的理由。」煙台滔滔不絕地說，而後再三地強調，「阿母，這是我內心最誠摯的話，請您放心！」

「不錯，那確實是一種緣分，只要能得到你的諒解和認同，阿母的心願便已達成。你王伯伯在地下有知，也沒有遺憾了。」花螺內心有無限的感慨。

「阿母，我現在就去給王伯伯上香叩頭。」

「戇囝仔，只要你有這份心意就好，不要急於一時。雖然王伯伯是你親生父親，王家的本源固然要顧，但李家的香煙也必須由你來接續。要記住，做人不能忘本。」

「阿母，我會記住您說過的每一句話，但是，但是……。」

「但是，但是什麼啊？別吞吞吐吐的！」

「阿母以後不能再罵我：夭壽死囝仔……。」

「不會啦，你是阿母心肝命命的乖囝……。」

說完後，母子倆哈哈大笑，笑聲盈滿這棟古老的屋宇……。

尾聲

五年後，陸軍步兵上尉連長李煙台，因完成某項軍事任務而當選國軍楷模，並獲准參加國軍軍官雙十國慶集團結婚。新娘為台北市人，雖非望族或官宦世家，但端莊婉約、秀外慧中，並任職於貿易公司。兩人之相識相戀，純由新娘兄長居中牽紅線。其兄官拜中校營長，是煙台的直屬長官，長官願意向父母薦引，讓胞妹嫁予部屬，勢必經過一番觀察和精挑細選。倘若煙台不稂不秀，只是一個平凡的軍人，焉能雀屏中選？

儘管花螺因限於出入境證申辦費時與交通工具不便，不能親自赴台參加他們的婚禮，但她還是把老王生前遺留下來的那筆錢提領半數，復加上自己省吃儉用的存款湊成雙數，寄給他們做為喜儀，以表心意，也同時完成老王的心願。冀望小倆口婚後幸福美滿，早日添丁，讓李家王府的香煙綿延不斷。

成家後的煙台，對於遠在家鄉的老母親，即便不能晨昏定省，每月則固定寄回生活費。甚至小倆口早已商量好，要把母親接到台灣一起住，以善盡為人子媳之孝道。然而經過多次書信溝通無效後，煙台決定利用假期，親自返鄉敦請母親。

「阿母，您無論如何一定要跟我到台灣住，留您一個人在家，我實在不放心啊！」煙台說。

「台灣那個花花世界，我住不習慣。」花螺藉口推辭著說。

「阿母，台灣不是您想像的那樣啦，我們住的眷村，很多住戶都是從大陸來的軍眷，不僅單純也很有人情味，絕對適合您住。您不要再找藉口好不好？」煙台懇求著。

「你們的孝心我能體會到，但阿母必須坦白告訴你，我不能離開金門這塊土地。」

「阿母，您把一生的青春，毫不吝嗇地奉獻給這片土地，難道還不夠？」

「戇囝仔，不僅僅是這塊土地，還有土地上李家的列祖列宗，還有護龍厝王家的香煙，我能這樣一走了之嗎？」

「我們可以把祖先的神主牌位，帶到台灣供奉啊！」煙台辯解著說。

「戇囝仔，阿母雖然不識字、沒有見過世面，但能理解你們的孝心。老實說，我與這塊土地相互偎依將近一輩子了，早已衍生出血濃於水的深厚情感，它彷彿就是生我育我的母親，有難以割捨的臍帶關係。因此，我必須留在這塊土地，相信神龕裡的列祖列宗亦有同感。」

「阿母……。」煙台備感失望。

「戇囝……。」花螺心志已定。

（全文完）

原載二〇一一年四月十八日至五月廿一日《金門日報・浯江副刊》

附錄　花螺本無過，何故惹塵埃

朋友，久久的等待，門口木棉樹上的花蕾終於在清明節過後綻放了。一朵朵火紅的花朵，滿佈著雜亂的枝椏，即使沒有綠葉的襯托，依然能展現其多采的手姿，為蕭瑟冷清的新市街景，增添不少蓬勃的氣象。然而，在這個木棉花盛開的季節裡，首先必須謝謝你們在「金門縣政留言版」ＰＯ文對拙作〈花螺〉的指教。不可否認地，花螺這個故事對老一輩鄉親而言，可說是一個難忘的共同記憶。故此，基於與這塊土地有血濃於水的親密關係，以及身軀尚未完全被癌細胞吞噬的現下，老朽不得不以沉重的心情，復透過笨拙的手筆，來詮釋這個故事。雖然花螺討伙伕班長的行為可議，但這非僅是大時代的悲歌，亦是爾時社會另一種層面的體現。當善良的島民回顧這段歷史時，似乎都能以一顆寬容之心，坦然地來面對這個不幸的事實。

朋友，你們何其有幸生長在這個清平的時代，既不愁吃，又不愁穿，復又受過完整的學校教育，繼而地投入職場、成為社會的中堅分子，幾乎沒有遭遇到任何挫折和苦難，屬實無法領會到爾時的時空背景，不能體會到那些有家歸不得的老兵的心情，又何能領會到一個婚後身心遭受凌虐，復又必須面對夫婿失智的婦人的心境。因而，基於人物刻劃的需要，以及對人性心理有較細緻的描述，當老王與花螺兩情相悅迸出愛的火花時，我不得不以較細膩的手法，來詮釋他們長久被壓抑的性慾，故此才有一段較激情的情節出現。可是你們並沒有詳閱全文，亦未曾看清是否因情節所需，就斷章取義作無謂的批評，完全抹煞了作者創作時的本旨，曲解了它欲表達的原意。

你們說「花螺是不是太入骨了點，萬一小朋友問什麼是陽物？什麼是海棉體？什麼是淫水？該怎麼回答？」朋友，枉費你們接受高等教育的薰陶、讀那麼多聖賢書，又是新世代的菁英，竟連這幾個簡單的問題也無從回答起，不僅不可思議，也令人遺憾。所謂「陽物」不就是男子的「生殖器」麼？不管成人或幼童，所有的男性都有，既然是那麼通俗的人體性器官，為何難以啟齒？所謂的「海棉體」，是位於男性陰莖內的一條海棉體動脈，平時呈捲曲狀，一旦受到刺激就鬆弛開來，並快速地充血，它不就是海棉體膨脹的原因麼？而所謂的「淫水」，不就是成年女性興奮時體內的分泌物麼？原本只是一段極其自然的性心理描述，而你們卻硬要把它解讀成一個難以回答的問題，確實讓老朽感到意外。

請看：

老王已顧不了自己是中華民國陸軍第二十七師衛生連上士炊事班長

的軍人身分，快速地脫去下身草綠色的黃埔大內褲，露出一個多年未曾使用過的陽物，強壯的身體促使他體外的海棉體快速地膨脹，他急欲獲取的是性的紓解和滿足，完完全全忘記自己置身在這個準備反攻大陸的最前線，一旦違反了軍紀，必須接受軍法的制裁。只因為眼前這個標緻的小阿嫂，已是有夫之婦，倘若讓人發覺而被告發，他必須付出應有的代價。

而現下的花螺，已是名符其實的「花螺」，她何曾想過舊道德中，婦女應盡三從四德的義務？身處在這個保守的小農村，一旦他們的好事被人發覺，免不了要掀起重大的波瀾，她美好的形象勢必也會在一瞬間化為烏有。儘管她知道「若要人不知，除非已莫為」與「紙永遠包不住火」這兩句話的含意，但是，她已無暇顧及那麼多。就在此時，就在此刻，她體內的某一個部位彷彿有許許多多小小蟲兒在蠕動、在爬行，一種俗稱叫淫水的液體亦已潤濕她的下身，她感到前所未有的難受。

老朽之於作如此的描寫，純粹是凸顯老王與花螺兩人長久的性壓抑，以及對性的需求。若依現時的社會形態與性開放的尺度來審視，並沒有逾越文學創作的規範與性心理描述的尺度。而使用「陽物」一詞，難道還不夠謹慎？非得要以閩南語俗稱的「膦鳥」，學名上的「陽具」、「陰莖」或是老兵罵人的「雞巴」來取代，始稱得上文雅？還是要以婦人口中的「小雞雞」，來形容一個年近半百的伙伕班長的下體較妥當？倘若不用海棉體快速地膨脹來詮說老王生理上的自然反應，莫非要以低俗的「硬迸迸」或「硬楝楝」來描述，才能符合你們高道德標準的要求？如果不能以「一種俗稱叫淫水的液體亦已潤濕她的下身」來描述花螺對性的渴望以及內心的興奮，是否要以她的「褲底」已經「澹漉漉」或「澹糊糊」還是「澹漓漉」才能讓你們稱心滿意？

朋友，上述各節只不過是人體性器官的稱謂，與成年女性興奮時生理上自然的反應，它既不骯髒，又不齷齪，為什麼要把它想像得那麼低賤而提出「該怎麼回答」的質疑？而你們所謂的「小朋友」，不知是指何種年齡層？倘若是一般中低年級的小學生，他們要吸收多少語文知識，才有閱讀副刊文學的興趣和能力？如果是高年級同學，一旦問起此物為何物，更是一種機會教育，何況他們在學校不也上過「健康教育」與「兩性教育」嗎？從這兩種課程裡，或多或少，總會獲得一些攸關於人體性器官的構造以及生理衛生方面的知識吧。而此刻，當你們把簡單的問題複雜化時，老朽不禁要問：莫非你們有高人一等的道德修養，真能做到六根清淨，四大皆空，不食人間煙火的境界，要不，怎會有衛道士般的思維？別忘了，我們是凡人而非聖人，既然是凡人，就有儒家所謂的七情六慾。告子曰：「食色性也」，他清清楚楚地告訴我們說，凡是人的生命，就離不開兩件事，其一是生活的問題，其二是性的問題。而小說何嘗不是現實人生的反映，既是反映人生，勢必取材於人生，身為一個作家有義務竭盡所能，把它鋪寫得栩栩如生。因此，只要情節需要，作者做如此的描述又有何不可？為什麼要以異樣的眼光來看待？或許，真正該提出質疑的是如老朽這般年齡的「頑固份子」，而非你們這些受過高等教育的「知識份子」。

朋友，現時的社會是多元的，也是開放的，更是多變的，而你們又是新世代的社會菁英，理應對它有更深一層的瞭解和領會。倘若老朽置身的是爾時舊社會或是戒嚴軍管時期，小說中的人物刻劃與心理描述勢必會有所顧忌或較保守，也就是作家白翎所說的「老夫子式的愛情道德」。回顧那個以軍領政的時代，只要談論到性的書刊，或是看到女性穿著較性感的雜誌，都會遭受到查扣的命運，竟連郭良蕙女士的長篇小說《心鎖》亦未曾放過，這何嘗不是島民的悲哀呢？如今，隨著戰地政務的解除，隨著時代的變遷，隨著社會的開放，身為一個文字工作者，只要不揭露個人隱私或作人身攻擊，只要不是無的放矢或涉及國家機密，還有什麼不能談、不能說、不能寫的？假如因情節需要而必須對人性性心理深入描述時，難道不能以較細膩的手法來詮釋男女間的性問題？倘若不能，莫非是衛道士的心理在作祟？還是戒嚴軍管再次復辟？抑或是要寫「反攻大陸、消滅朱毛」的反共文學？

如果你們的孩子看到李昂小姐的《北港香爐人人插》，而提出北港香爐為什麼會人人插的疑問，或看到某電視台討論男女同居問題，以「夾娃娃」來形容男女交媾，而提出什麼叫「夾娃娃」時，你們會以什麼華麗的言詞來回答他們？萬一你們所謂的「小朋友」接觸到「同志情慾」文學時，你們又會以什麼態度來面對，是該接受？還是排斥？抑或是必須尊重作家的創作自由？朋友，當我們進入到一個全新的世代，文學勢必也會跟著時代潮流走，每位作家都會以不同的角度來觀察這個變化多端的社會，繼而地透過他們慎密的思維和筆端，從事多元化的創作。不管是懷舊或創新，不管是小說、散文或詩歌，只要能書寫成章，復通過報刊雜誌主編審稿的火海，再經廣大讀者的肯定和認同，就有它流傳的普世價值。因此，老朽必須善意地提醒你們，倘使你們認為內容不符合你們高道德標準的期待，絕對有選擇不看的權利，但若是未看完全文就斷章取義、妄下定論、作無謂的批評，那是非常不妥當的行為。

從媒體報導，教育部正計劃把「多元性慾」與「同志教育」納入「性別平等教育」課綱，內容甚至涉及到性玩具如何使用、如何清洗、如何保持乾淨……等等。試想，一個與生俱來的人體性器官與生理上自然的反應，竟讓你們把它想像得那麼不堪。一旦有朝一日，小朋友真正接觸到「多元性慾」與「同志教育」課程，你們將作何感想？難道不讓孩子上這堂課？還是必須遷就時代潮流與社會趨勢？

你們說「花螺根本不是小說，頂多是說故事的寫作而已，文字充滿粗俗，真為咱金門人水準悲哀。」朋友，當你們提出這個質疑時，顯然地，你們的說法與小說的界說是有明顯差異的。眾所皆知，源自唐代以來就把摹述故事的文章叫作小說，而小說更是有人物、有情節、有佈局、有高潮、有結構的創作故事。當你們提出「根本不是小說，頂多是說故事的寫作而已」的質疑時，簡直令人啼笑皆非。既然「不是小說」，又何來「說故事的寫作」？不是自相矛盾、相形見絀嗎？原以為你們出身科班，有深厚的文學根柢和素養，好讓老朽能從你們的批評和賜教中，對小說創作有更深一層的瞭解和體會，以便作為往後創作的指標和借鑑。而萬萬想不到，你們對小說竟是那麼地懵然無知，既然連小說的定義和創作的基本知識都不懂，又有何格來批評小說？倘使想以此來凸顯你們的博學，那非僅不足取，也顯露出你們對文學知識的貧乏。由此可見，金門人該悲哀的並非是〈花螺〉這篇小說夠不夠水準，而是某些不懂小說卻來批評小說的人，以及那些以衛道士眼光來看小說者，他們才是「真為咱金門人水準悲哀」的最大悲哀！於此，你們敢於否定這個「悲哀」的事實嗎？

朋友，並非老朽厚顏無恥或大言不慚，每天看《金門日報・浯江副刊》的讀者固然不少，但等著看〈花螺〉這篇小說的鄉親和讀者卻也不容小覷，不知你們信？或者不信？但這只是一段題外話，重要的是一個罹患重大傷病的老年人，竟能秉持著對文學的熱衷和執著，懷著與病魔對抗的心情，以其堅強的毅力把〈花螺〉這篇小說呈現給讀者，冀望能與鄉親父老共同來回顧這段歷史，忠實地傳達文中人物的聲音和相貌、心思與憧憬，為那個不幸的年代留下一個印記，讓我們的後代子孫能從這篇小說中，看到一些早年為生活奔波的苦難鄉親的真實情景。故此，它絕非是咱金門人的悲哀，而是某些自命不凡的孩子們，必須重新去深思、去體認、去領悟的問題。倘若你們的學識能力與文學素養，誠能如你們批評人那麼地犀利直接，理應趁著年輕力壯的此時，盡快付諸行動，寫出一部部氣勢磅礡、足可震古鑠今的作品來回饋這片土地。如是，才能讓人心悅誠服；反之，則必須謙虛為懷，豈可虛憍恃氣。

不可諱言地，老朽僅讀過一年初中，故而不學無術，即使在文壇耕耘多年，然則不知進取，好讀書而不求甚解，確實辜負了鄉親和讀者們的期望。現下謹以一顆誠摯之心，領受你們「文字充滿粗俗」的指教。但是在領教的同時，老朽也必須鄭重地告訴你們，基於個人學識淺薄的因素，雖然無法把欲表達的意象以深奧的文詞、晦澀的文意，甚至引經據典來呈現，可是，卻能把小說中的人物故事透過自己笨拙的手筆作完整的詮釋，並無詰屈聱牙的語詞讓讀者們看不懂。儘管尚有不盡人意之處，但鄉親父老和讀者們深知老朽所受教育有限，他們包容多於苛責，鼓勵多於批評，這不僅是老朽持續創作的原動力，也是最感欣慰的地方。

回顧老朽輟筆二十餘載，復又重新提筆的十餘年間，無論是短篇小說〈再見海南島，海南島再見〉、〈將軍與蓬萊米〉，中篇小說《春花》、《夏明珠》、《秋蓮》、《冬嬌姨》與〈老毛〉，長篇小說《失去的春天》、《午夜吹笛人》、《烽火兒女情》、《小美人》、《李家秀秀》、《歹命人生》、《西天殘霞》，散文《同賞窗外風和雨》、《何日再見西湖水》、《木棉花落花又開》、《時光已走遠》，評論《攀越文學的另一座高峰》以及文史作品《金門特約茶室》等，可說都獲得鄉親父老與讀者們諸多的鼓勵，並有方家與文壇先進予以論評。尤其在〈老毛〉、《冬嬌姨》與《西天殘霞》等篇章裡，更因情節的需要而打破傳統書寫的藩籬，針對男女之間的情慾有更深一層的描述，徹底改變了自己「老夫子式的愛情道德」創作方式。即便文中對男女情慾有較深入的描述，但並沒有文壇先進或方家，抑或是讀者們認為老朽「文字充滿粗俗」。而現下若從你們的遣詞用字以及對文學的認知來看，卻也不過爾爾，似乎不見得比一位僅讀過一年初中的老年人高明。此時，老朽並無「以牙還牙以眼還眼」之意，而是想印證「不怕文人俗，只怕俗人文」這句俗諺，是否真有發人深省的義理存在。

朋友，你們在安逸的環境中長大受教育，學成後理應貢獻所學，回饋這座生你育你的島嶼。倘若你們滿腹經綸而懷才不遇，或是對這塊土地心生不滿而懷恨在心，抑或是對這個社會感到失望而憤世嫉俗，還是基於個人因素使然而想抒發內心壓抑的情緒，無論是基於何種因素，都必須不矜不躁坦然面對，千萬不能意氣用事作無謂的批評。即便能得到不吐不快的紓壓快感，然則言多必失，往往得罪人而不自知。要懂得「人有兩耳雙目，只有一嘴」這句格言的道理，它的用意莫非要我們多聽、多看、少說。一旦囂張跋扈、為所欲為成性，卻又不知自我檢討改進，難免會引起許多紛爭，那是得不償失的。假若能學習包容與寬恕，懂得虛心謙讓與相互尊重，復與純樸善良的島民和這塊歷經苦難的土地和睦相處，共同邁向一個祥和的社會，如此，才是你們該去追尋的目標。

拙作〈花螺〉已刊載完畢，如其你們已讀完全文，而對文中的故事、人物、情節或結構有所疑惑，理應從大處落墨，提出你們獨到的見解和精闢的論點與方家共同討論。無論是褒是貶，老朽除了虛心領教，亦有接受批評的雅量。倘使未看完全文，卻又對文中欲表達的意象懵然無知，僅只針對某個情節斷章取義作無謂的批評，其心態不無可議之處。如果純粹站在讀者的立場，亦應看完全文再下定論，這無非是對作者最基本的尊重，受過高等教育的你們，焉有不知情之理？至於老朽的作品是好是壞，是值得一讀，還是看不下去，自有方家來論評，自有史家來論斷，自有鄉親父老與海內外廣大的華文讀者來認定，尚輪不到某些道貌岸然的衛道人士，或對文學知識僅一知半解的孩子們來指教。相對於那些能從文學與歷史層面看小說的朋友們，如果沒有具備深厚的文學素養，以及對島鄉歷史文化深入瞭解，何能以深中肯綮的態度來談論〈花螺〉這篇作品。而今兩相對照，非僅讓老朽感慨良多，卻也同時想起劉勰在《文心雕龍》〈知音〉篇說過的一段話：「知音其難哉！音實難知，知實難逢，逢其知音，千載其一乎！」朋友，不僅僅只是知音難尋，想領略小說創作的奧妙亦非易事啊！

原載二〇一一年五月廿四日《金門日報・浯江副刊》

寫作記事

一九四六年　八月生於金門碧山。

一九六一年　六月讀完金門中學初中一年級因家貧輟學。

一九六三年　一月任金防部福利單位雇員，暇時在「明德圖書館」苦學自修。

一九六六年　三月首篇散文〈另外一個頭〉載於《正氣中華日報・正氣副刊》。

一九六八年　二月參加救國團舉辦「金門冬令文藝研習營」，講師計有：鄭愁予、黃春明、舒凡、張健、李錫奇，以及在金服役的詩人管管等，為期一週。除楊天平老師、洪篤標先生與作者係來自社會階層外，餘均為本地國、高中在學學生。現今活躍於金門文壇的作家與文史工作者例如：黃振良（曉暉）、黃長福（白翎）、林媽肴（林野）、李錫隆（古靈）……等，均為當年文藝營學員。

一九七二年

五月由金防部福利單位會計晉升經理，並在政五組兼辦防區福利業務。六月由台北林白出版社出版文集《寄給異鄉的女孩》，八月再版。

一九七三年

二月長篇小說《螢》載於《正氣中華日報・正氣副刊》。五月由台北林白出版社出版發行。七月與友人創辦《金門文藝》季刊，擔任發行人兼社長，撰寫發刊詞，主編創刊號。九月行政院新聞局以局版臺誌字第〇〇四九號核發金門地區第一張雜誌登記證，時局長為錢復先生。

一九七四年	六月自金防部福利單位離職，輟筆，在金湖鎮新市里復興路經營「金門文藝季刊社」（販賣書報雜誌與文具紙張），後更改店名為「長春書店」。
一九七九年	一月《金門文藝》季刊革新一期，由旅台大專青年黃克全、顏國民等先生接辦，仍擔任發行人。
一九九五年	創作空白期（一九七四年～一九九五年），長達二十餘年。
一九九六年	七月復出，新詩〈走過天安門廣場〉載於《金門日報・浯江副刊》，八月散文〈江水悠悠江水長〉載於《青年日報副刊》。九月短篇小説〈再見海南島・海南島再見〉脱稿，廿四日起至十月五日止載於《金門日報・浯江副刊》，該文刊出後，受到讀者諸多鼓勵，亦同時引起文壇矚目。

一九九七年　一月由台北大展出版社出版發行三書：《寄給異鄉的女孩》增訂三版，《螢》再版，《再見海南島・海南島再見》初版。三月長篇小說《失去的春天》脫稿，廿五日起至六月廿五日止載於《金門日報・浯江副刊》，七月由台北大展出版社出版發行。

一九九八年　一月中篇小說《秋蓮》上卷〈再會吧，安平〉脫稿，一月廿日起至二月十八日止載於《金門日報・浯江副刊》。五月下卷〈迢遙浯鄉路〉脫稿，廿四日起至六月十五日止載於《金門日報・浯江副刊》。八月由台北大展出版社出版發行三書：《秋蓮》中篇小說，《同賞窗外風和雨》散文集，《陳長慶作品評論集》艾翎編。

一九九九年　十月散文集《何日再見西湖水》由台北大展出版社出版發行。

二〇〇〇年　五月金門縣寫作協會「讀書會」假縣立文化中心舉辦《失去的春天》研討會，作者以〈燦爛五月天〉親自導讀。十月長篇小說

《午夜吹笛人》脫稿，十八日起至十二月六日止載於《金門日報．浯江副刊》，十二月由台北大展出版社出版發行。

二〇〇一年

四月〈今年的春天哪會這呢寒——咱的故鄉咱的詩〉，載於《金門日報．浯江副刊》。十二月中篇小說《春花》脫稿，廿三日起至翌年元月廿二日止載於《金門日報．浯江副刊》。

二〇〇二年

三月中篇小說《春花》由台北大展出版社出版發行。四月中篇小說《冬嬌姨》脫稿，廿九日起至五月三十一止載於《金門日報．浯江副刊》，八月由台北大展出版社出版發行。十二月由國立高雄應用科技大學金門分部觀光系主辦，行政院文建會及金門縣政府協辦之「碧山的呼喚」系列活動，作者親自朗誦閩南語詩作：〈阮的家鄉是碧山〉為活動揭開序幕。散文集《木棉花落花又開》由台北大展出版社出版發行。

二〇〇三年

五月中篇小說《夏明珠》脫稿，一日起至六月十六日止載於《金門日報．浯江副刊》，十月由台北大展出版社出版發行。同月長篇小說《烽火兒女情》脫稿，廿六日起至翌年元月九日止載於《金門日報．浯江副刊》。十一月長篇小說《失去的春天》由金門縣政府列入《金門文學叢刊》第一輯，並由台北聯經出版公司與金門縣文化局聯合出版發行。十二月〈咱的故鄉 咱的詩〉七帖，由金門縣文化中心編入《金門新詩選集》出版發行。其詩誠如國立台灣藝術大學副教授詩人張國治所言：「他植根於對時局的感受，對家鄉政治環境的變遷，世風流俗的易變，人心不古，戰火悲傷命運的淡化等子題關注，……選擇這種分行，類對句……、俗諺，類老者口述，叮嚀，類台語老歌，類台語詩的文類……鋪陳一股濃濃的鄉土情懷。」

二〇〇四年

三月長篇小説《烽火兒女情》由台北大展出版社出版發行。七月《金門文藝》由金門縣文化局復刊，並由原先之季刊改為雙月刊，發行人由局長李錫隆先生擔任，總編輯為陳延宗先生。八月長篇小説《日落馬山》脱稿，九月五日起至十二月廿六日止載於《金門日報・浯江副刊》。

二〇〇五年

元月〈歷史不容扭曲，史實不容誤導——走過烽火歲月的金門特約茶室〉脱稿，廿三日起載於《金門日報・浯江副刊》。二月長篇小説《日落馬山》由台北大展出版社出版發行。三月散文集《時光已走遠》由金門縣文化局贊助，台北大展出版社出版發行。四月短篇小説〈將軍與蓬萊米〉脱稿，廿七日起至五月八日載於《金門日報・浯江副刊》。七月中篇小説〈老毛〉脱稿，十日起至八月十二日止載於《金門日報・浯江副刊》。八月《走過烽火歲月的金門特約茶室》獲行政院文建會、福建省政府、金酒實業（股）公司贊助，十一月由台北大展出版社出版發行。金門縣鄉土文化建設促進會於同月二十六日為作者舉辦新書發表會。二十九日《聯合報》以半版之篇幅詳加報導，撰文者為資深記者李木隆先生。

二〇〇六年

一月〈關於軍中樂園〉載於《中國時報・人間副刊》。三月五日當選金門縣采風文化發展協會第三屆理事長。長篇小說《小美人》脫稿，廿日起至七月廿七日止載於《金門日報・浯江副刊》。六月《陳長慶作品集》（一九九六～二〇〇五）全套十冊（散文卷二冊，小說卷七冊，別卷一冊）由台北秀威資訊科技公司出版發行。八月長篇小說《小美人》亦由台北秀威資訊科技公司出版發行。十一月長篇小說《李家秀秀》脫稿，十二月一日起至翌年四月五日止載於《金門日報・浯江副刊》。同月《金門特約茶室》由金門縣文化局出版發行。該書出版後，除「東森」、「三立」、「中天」、「名城」……等多家電子媒體，針對「金門軍中特約茶室」之議題，專訪作者詳予報導外，亦有部分平面媒體深入報導。計有：二〇〇七年一月十八日，《金門日報》記者陳麗妤專訪報導（刊於地方新聞版）。一月二十日，廈門《海峽導報》記者林連金報導（刊於金門新聞版）。二月十一日，台北《蘋果日報》記者洪哲政報導（刊於A2要聞版）。三月十二日，台北《第一手報導雜誌社》記者蕭銘國專題報導（刊於五二七期社會新聞五六～五八頁）。

二〇〇七年

六月長篇小説《李家秀秀》由台北秀威資訊科技公司出版發行。《金門特約茶室》再版二刷。八月散文〈風雨飄搖寄詩人〉載於

《金門日報・浯江副刊》。十月長篇小說《歹命人生》脫稿，廿一日起至翌年三月廿日止載於《金門日報・浯江副刊》。同年並相繼完成：〈風格與品味——試論林怡種的《天公疼戇人》〉、〈永不矯揉造作的筆耕者——試論寒玉的《女人話題》〉、〈省悟與感恩——試論陳順德《永恆的生命》〉等三篇評論，均分別刊載於《金門日報・浯江副刊》。

二〇〇八年

六月長篇小說《歹命人生》由台北秀威資訊科技公司出版發行。八月長篇小說《西天殘霞》脫稿，九月一日起至翌年元月廿九日止載於《金門日報・浯江副刊》。並相繼完成：〈藝術心・文學情——試論洪明燦《藝海騰波》〉、〈走過青澀的時光歲月——試論寒玉《輾過歲月的痕跡》〉、〈以自然為師——試論洪明標《金門寫生行旅》〉、〈本是同根生　花果兩相似——張再勇《金廈風姿》跋〉等四篇評論，均分別刊載於《金門日報・浯江副刊》。張再勇先生的《金廈風姿》，更成為二〇〇八年「第三屆世界金門日翔安大會」指定贈送與會貴賓的書刊之一。十二月短篇小說〈將軍與蓬萊米〉由金門縣文化局收錄於《酒香古意——金門縣作家選集・小說卷》。

二〇〇九年

二月評論〈攀越文學的另一座高峰——試論寒玉《島嶼記事》〉，三月散文〈太湖春色〉，四月評論〈為東門歷史作見證——試論王振漢《東門傳奇》〉均分別載於《金門日報・浯江副刊》。長篇小說《西天殘霞》由台北秀威資訊科技公司出版發行。五月經榮總血液腫瘤科醫師證實罹患「慢性淋巴性白血病」（血癌）。六月以散文〈當生命中的紅燈亮起〉載於《金門日報・浯江副刊》敘述罹病之過程，並以「聽天由命」之坦然心胸接受追蹤檢查與治療。評論《攀越文學的另一座高峰》由金門縣文化局贊助出版。散文〈榕蔭集翠〉載於《金門日報・浯江副刊》。七月評論〈默默耕耘的園丁——試論林怡種《金門奇人軼事》〉載於《金門日報・浯江副刊》。八月《金門特約茶室》由金門縣文化局推薦，榮獲國史館台灣文獻獎，惟獎狀與獎金均由文化局具領。評論〈後山歷史的詮釋者——試論陳怡情《碧山史述》〉載於《金門日報・浯江副刊》，金門宗族文化研究協會《金門宗族文化》於同年冬季號（第六期）轉載。九月起專心整理友人所寫序跋與書評，並以《頹廢中的堅持》為書名。十月「咱的故鄉 咱的詩」——〈阮的家鄉是碧山〉、〈故鄉的黃昏〉、〈寫予阮俺娘的一首詩〉、〈咱主席〉、〈今年的春天哪會這呢寒〉由金門縣文化局收錄於《仙州酒引——金門縣作家選集．新詩卷》。十一月《頹廢中的堅持》整理完竣，並以〈後事〉乙文代序。十二月〈金門文藝的前世今生〉載於《金門日報．浯江副刊》，《金門文藝》雙月刊（金門縣文化局出版）於第三十四期（二〇一〇年元月）至第三十九期（二〇一〇年十一月）分六期轉載，為該雜誌留下完整的歷史記錄。

二〇一〇年

元月評論〈大時代兒女的悲歌——試論康玉德《霧罩金門》〉載於《金門日報．浯江副刊》，福建省漳州師範學院閩台文化研究所《閩台文化交流》（季刊）於同年第二季（二十二期）轉載。四月評論〈誠樸素淨的女性臉譜——試論陳榮昌《金門金女人》〉載於《金門日報．浯江副刊》。五月《頹廢中的堅持》由台北秀威資訊科技公司出版發行，評論〈源自心靈深處的樂章——試論一梅《一曲鄉音情未了》〉載於《金門日報．浯江副刊》。七月評論〈尋找生命原鄉的記憶——試論寒玉《浯島組曲》〉及散文〈神經老羅〉均分別載於《金門日報・浯江副刊》。九月短篇小說〈人民公共客車〉載於《金門日報・浯江副刊》。十月《時報周刊》資深編輯楊肅民先生、採訪編輯張孝義先生以〈解放官兵四十年八三一重現金門〉為題專訪作者，並針對《金門特約茶室》乙書詳加報導，圖文刊於一七〇二期（二〇一〇年十月一日~十月七日）出版之《時報周刊》第四十一至四十五頁。評論〈對歲月的緬懷，對故土的敬重——試讀李錫隆《新聞編採歲月》〉載於《金門日報・浯江副刊》，金門文化局《金門季刊》第一〇六期摘錄轉載（二〇一一年九月）。十一月以〈一位重大傷病者的心聲〉投書《金門日報・言論廣場》，針對署立金門醫院醫師服務態度及藐視病患之權益提出批評，《金門日報》並以「社論」〈提升醫療品質 當以病人為中心——從陳長慶先生的投書談起〉，加以呼應。評論〈從歷史脈絡，尋浯島風華——試論黃振良《浯洲場與金門開拓》〉載於《金門日報．浯江副刊》。十二月散文〈風暴之後〉載於《金門日報．浯江副刊》。

二〇一一年

元月受《金門文藝》總編輯陳延宗先生之邀，撰寫【信件對談式】散文，並以〈冬陽暖暖寄詩人〉與楊忠彬先生對談。四月中篇小說〈花螺〉脫稿，十八日起至五月二十一日止載於《金門日報．浯江副刊》並針對「金門縣政留言版」二則評論，以〈花螺本無過，何故惹塵埃〉加以反駁。六月評論〈遊子心 故鄉情——試讀陳慶元教授《東吳手記》〉載於《金門日報．浯江副刊》，《金門宗族文化》一〇〇年冬季（第八期）轉載，福建省漳州師範學院閩台文化研究所《閩台文化交流》（季刊）於同年第三季（二十七期）轉載，金門縣文化局《金門季刊》第一〇七期轉載（二〇一一年十一月）。散文〈重臨翠谷〉載於《金門日報・浯江副刊》，並同時進行長篇小說《了尾仔囝》之書寫。七月經榮總血液腫瘤科醫師追蹤檢查結果，白血球已由初診時的三萬八千，上升到目前的六萬一千，惟情緒並無受到太大的影響，仍然依照原計畫，抱病繼續撰寫《了尾仔囝》。九月長篇小說《了尾仔囝》脫稿。十一月十八日起載於《金門日報・浯江副刊》，並決定出版中篇小說《花螺》。十二月金門縣文化局編列《金門文藝》新年度一百萬元印刷經費，遭金門縣議會全數刪除，《金門文藝》在復刊出版四十五期後，又遭受停刊的命運。散文〈寫給來不及長大的外孫〉載於《金門日報・浯江副刊》。

二〇一二年

三月長篇小說《了尾囝仔》連載完結，並由台北秀威資訊科技公司出版發行。

釀文學 PG0771

花螺
——陳長慶中篇小說

作　　者	陳長慶
責任編輯	黃姣潔
圖文排版	邱瀞誼
封面設計	王嵩賀

出版策劃	釀出版
製作發行	秀威資訊科技股份有限公司 114 台北市內湖區瑞光路76巷65號1樓 電話：+886-2-2796-3638　傳真：+886-2-2796-1377 服務信箱：service@showwe.com.tw http://www.showwe.com.tw
郵政劃撥	19563868　戶名：秀威資訊科技股份有限公司
展售門市	國家書店【松江門市】 104 台北市中山區松江路209號1樓 電話：+886-2-2518-0207　傳真：+886-2-2518-0778
網路訂購	秀威網路書店：http://www.bodbooks.com.tw 國家網路書店：http://www.govbooks.com.tw
法律顧問	毛國樑　律師
總 經 銷	聯合發行股份有限公司 231新北市新店區寶橋路235巷6弄6號4F 電話：+886-2-2917-8022　傳真：+886-2-2915-6275

出版日期	2012年6月　BOD一版
定　　價	220元

國家圖書館出版品預行編目

花螺：陳長慶中篇小說 / 陳長慶著. -- 一版. -- 臺北市：
釀出版, 2012.06
面； 公分. --（釀文學；PG0771）
BOD版
ISBN 978-986-5976-34-7（平裝）

857.7 101008517

讀者回函卡

感謝您購買本書，為提升服務品質，請填妥以下資料，將讀者回函卡直接寄回或傳真本公司，收到您的寶貴意見後，我們會收藏記錄及檢討，謝謝！如您需要了解本公司最新出版書目、購書優惠或企劃活動，歡迎您上網查詢或下載相關資料：http:// www.showwe.com.tw

您購買的書名：________________________________

出生日期：________年________月________日

學歷：□高中（含）以下　□大專　□研究所（含）以上

職業：□製造業　□金融業　□資訊業　□軍警　□傳播業　□自由業

　　　□服務業　□公務員　□教職　□學生　□家管　□其它____

購書地點：□網路書店　□實體書店　□書展　□郵購　□贈閱　□其他

您從何得知本書的消息？

□網路書店　□實體書店　□網路搜尋　□電子報　□書訊　□雜誌

□傳播媒體　□親友推薦　□網站推薦　□部落格　□其他________

您對本書的評價：（請填代號　1.非常滿意　2.滿意　3.尚可　4.再改進）

封面設計____　版面編排____　內容____　文／譯筆____　價格____

讀完書後您覺得：

□很有收穫　□有收穫　□收穫不多　□沒收穫

對我們的建議：________________________________

____

____

____

請貼
郵票

11466
台北市內湖區瑞光路 76 巷 65 號 1 樓

秀威資訊科技股份有限公司　　收

BOD 數位出版事業部

....

（請沿線對折寄回，謝謝！）

姓　　名：＿＿＿＿＿＿＿＿＿＿　年齡：＿＿＿＿　性別：□女　□男

郵遞區號：□□□□□

地　　址：＿＿＿＿＿＿＿＿＿＿＿＿＿＿＿＿＿＿＿＿＿＿＿＿

聯絡電話：（日）＿＿＿＿＿＿＿＿＿＿（夜）＿＿＿＿＿＿＿＿＿＿

E-mail：＿＿＿＿＿＿＿＿＿＿＿＿＿＿＿＿＿＿＿＿＿＿＿＿